◆ 中学生之友丛书 ◆

拒 绝 北 大

——一个女编辑与中学生的对话

朱竞／著

北方妇女儿童出版社

图书在版编目(CIP)数据

拒绝北大:一个女编辑与中学生的对话／朱竞著.—2版.
—长春:北方妇女儿童出版社,2011.9
ISBN 978-7-5385-2000-2

Ⅰ.①拒… Ⅱ.①朱… Ⅲ.①随笔—作品集—中国—当代
Ⅳ.①I267.1

中国版本图书馆 CIP 数据核字(2011)第 185293 号

拒绝北大
—— 一个女编辑与中学生的对话

作　　者:朱　竞
责任编辑:师晓辉
出版发行:北方妇女儿童出版社
　　　　　(长春市人民大街4646号　电话:0431-85640624)
印　　刷:三河市兴达印务有限公司
开　　本:650mm×960mm　1/16
印　　张:13
字　　数:190千字
版　　次:2011年9月第2版
印　　次:2013年6月第3次印刷
书　　号:ISBN 978-7-5385-2000-2
定　　价:25.80元

作者简介

朱竞，当代作家，毕业于东北师范大学美术系，现为《文艺争鸣》杂志编审。代表作品有小说《沥青》、《六楼阳台》、《望远镜》、《山里有雪》等，出版专著《中国美术字全集》、《广告标志》、《商标图案》等12部。曾获全国"五个一工程"优秀图书奖、东北三省优秀编辑奖、吉林省优秀编辑奖等。近年来致力于研究中学生学习、生活状态及相关问题。

倾诉与倾听（代序）

一个高中三年级的男生，晚上九点放学回到家中，妈妈为他准备好了晚餐在等待着。然而，让人心碎的一幕就发生在他妈妈的眼前。当妈妈亲眼看到疲惫至极的儿子刚刚拿起筷子，坐在餐桌旁就睡着了的情景时，她的心里真说不出是个什么滋味，也就是在瞬间，儿子却一头栽到地上睡着了，头上的鲜血染红了地面……

这是一位母亲在一次家长会上讲给我的一个真实的故事。她说，这些年，就是为了儿子能考上北大家人把全部的心血都投入到了孩子身上，觉得孩子能考上北大就是他们全家的光荣。

后来，我有机会采访了这个高三男生，他叫陶哲。

从他深度近视眼镜片的后面，看得出他的疲惫眼神。他很无奈的样子，对我有着同样的不信任。

看着他，让我想起歌德在《歌德谈话录》中说的那段话，从北方走来的那些学者们，深度的近视眼镜戴着，腰佝偻着，面部目光呆滞，表情麻木，说话吞吞吐吐，我感到无限的悲哀——难道现在的孩子们也要成为像歌德所说的那样的人吗？都是为了考高分进北大或其他一些名牌大学，搞得孩子们高分低能，心灵上也是不健康的。

难道我们未来的社会真的就需要这样的人才吗？而眼下，谁来关心这些中学生们的苦恼和忧郁？

陶哲说："谁能听我们说呢？我们说了又有什么用呢？我们需要倾听，同时也更需要倾诉。"

的确，中学生们是一个弱势群体，他们需要倾诉，同时他们更需要倾听，更需要有人来理解他们的学习和生活，他们还需要与家人、学校、社会来沟通。社会上不是常说要"扶持弱势群体吗"？中学生们就是一个弱势群体。

往往人们都认为现在的孩子们真是太幸福了，每一个家庭只有一个孩子，家长们视孩子为宝贝，使他们要什么有什么，更多的家庭很少与孩子沟通，而孩子们最渴望的是理解和关怀，渴望家长及学校对他们的鼓励和肯定。

现在的中学生们的确是幸福的一代，然而他们的幸福是在形式上，而他们的痛苦是在实际上，他们需要倾听，他们需要来自父母的倾听，他们需要来自学校的倾听，他们需要来自社会上的倾听。

那些看上去没有什么痛苦的孩子，一旦实实在在地体验幸福是什么，让他们真正地从那种超负荷的学习运转中停下来，让他们从那种捆绑、强迫的学习中解脱出来，让他们真正健康地成长，他们才能真正地懂得幸福是什么。

每一个孩子从很小的时候，心灵上的某些东西就开始被剥夺，比如说想象，比如说自由，比如说……

记得我的孩子蒂尼刚刚上幼儿园，那一天的美术课让他欣喜若狂。他对绘画产生兴趣是很早的事，我认为在这方面蒂尼是个天才，顶极的大师。可是就是因为那一天，三岁的蒂尼把太阳画成了蓝色，把路边的房子也画成了蓝色，他的理由是：妈妈每天上班很热，蓝色凉快，妈妈走在路上就会不热了。多么神奇的想像力呀！

然而，却被老师严厉地批评了半天，罚他按照老师的要求重新画好，蒂尼生来倔强，三岁时还敢与老师作对，现在他倒是"听话"了。他还是按自己的想法画了一幅，结果就是把家长找去理论一番。

孩子的天性本来应该是天真、聪明、可爱的，可是，现在的学生们变得很麻木，对什么事什么人都不关心，对什么都不感兴趣。社会上不好的风气也吹进了校园，使中学生对钱和权的向往很明确，对歌星影星疯狂地追逐，对名牌服装十分感兴趣，只知道享受而没有了灵魂。

实际上，一些不好的风气早已把很多中学生心中的温暖剥夺掉了，使之变成一个躯壳和麻木的灵魂，然后走进意义深厚的大学校门，拿上一张文凭到社会上去混日子。如果能拿到北大的那张文凭，你就会一路绿灯飞黄腾达。因此，北大这个符号对所有的中学生朋友来说真是太有诱惑力了，那可是中国最贵的一张纸！

当前，大多数中学，无论月考还是期中、期末的考试都要排名次，这纯是封建社会等级制度的再现。作为中学生来说，每个学生在各方面的发展是不一样的，有的同学心智还没有发展成熟就被分数排挤到最底层，像这样的学生可能在他心智发展成熟之后会排在全班的第一名，而那时他却不再享受排名的快乐。那么对于那些心智发展很慢的学生来说，这是不公平的。可以肯定地说，爱迪生如果在中国上学，他肯定排在最后一名，因为他的成绩是不会让老师满意的，但是他后来却成为世界上著名的发明家、科学家。

通过《拒绝北大》这本书，我了解到了现在中学生们所面临的困惑和苦恼是倾诉与倾听。衡量一个中学生是否优秀，我宁愿喜欢一个聪明、可爱、善良的孩子，而不喜欢一个高分低能、人格萎缩、自私的孩子。善良、宽容比什么都重要。也许你的高考分数可以进北大，这样的孩子往往多年来受家人及老师的宠爱已成习惯，对别人一点都不关心，包括自己家人为他所做的一切，他认为都是应该的。

我们培养孩子的目标应该是有知识、有道德、有同情心，做品质高尚的人。

其实这并不难。

只要能对您的孩子或您的学生多一份理解，少一些报怨就足够了。

只要您能设身处地想一下，您自己是一名中学生，应该怎么做呢？

只要您懂得了倾诉与倾听，您就会成为您孩子或您学生的朋友。

作　者

目　录

拒绝北大——一个女编辑与中学生的对话

拒绝北大

拒绝北大

时　　间：2001 年 3 月
地　　点：编辑部
采访对象：董　健（某校高三学生）

电话铃声骤然响起，喧闹的编辑部里突然变得安静了。

是董健的爸爸打来的。在电话中他讲述了他儿子的故事，希望我能给他出一些主意，能帮助他一起来说服董健的妈妈。

事情是这样的。

董健又要高考了。这些天来，他们家里为了此事一直乱得不能再乱，颇有点临战状态的意思。董健的爸爸说："本来儿子在 2000 年高考中以不错的成绩考取了天津南开大学，这对一般人来说，是一件让人高兴的事。但它并没有把快乐带给我们家。因为董健的妈妈一直想让儿子考上北京大学，宁肯不上大学也不上北大之外的任何大学。因此，当她看到儿子的入学通知书不是来自北京大学，就大病了一场。后来她说服儿子放弃去南开大学读书的机会，同时又给儿子找了一所最好的中学，交付了昂贵的学费。她说'一定要让儿子上北大，那才是最好的学校，上这样的大学，将来才会有出息，才能有大成就'。你瞧，就是为了这件事，我和董健的妈妈搞起了'冷战'，谁也说服不了谁。"

听了董健爸爸的讲述，我去见了董健和他的妈妈，对他们谈了我的看法。

确实，文凭，对一个中国人来说，真的是太重要了，它决定着你的命运、你的生存、你的一切。多少孩子，在苦读十几年书之后，等待自己的又是怎样的命运呢？那些死读书读死书的学生们，一旦走向社会去寻找生存之路时，他们显得是那样迷惑和惶恐。我们学校里的教育为何不能早一点向学生传授认识和感知社会的知识呢？

上大学固然是好事，这是一个人接受完整教育的必经之路。然而，学校和家庭如果过于看重名牌大学，这首先就给孩子心理上造成了压力。这种不必要的压力会导致学生的逆反心理。我理解董健父母及所有的父母的意愿，但是人生之路不只是高考这一条。我们是否可以换一种思维方式去争取得到社会所给予的同等待遇呢？

当我问起董健是否同意妈妈为他做的这一切时，这个19岁的男孩子显得是那样无奈，他说的话与他的年龄不太相符，听上去更显成熟一些："在我妈妈看来上大学就是为了那张纸，如果我拿的是中国最贵的那张纸，我的家长及老师们的虚荣心就能得到满足。我的爸爸和妈妈就是因为没有文凭才找不到好的工作，因此他们把自己没有实现的东西要在我的身上来实现。我的同学的父母大多数也都这样想。我理解他们。"

董健的妈妈则坚持自己的想法，她说："董健去年只差一分进北大，今年一定能考取。我认为不进好的大学就找不到好工作。"

"董健你自己是怎么想的呢？如果今年你不能考取北大呢？"

董健说："我也不知道该怎么办。"他说他自己也非常明白择业中的残酷性，用人单位更看重名牌学校，只要是名牌学校出来的无论良莠都是好的。压力肯定是有的，但他本人也有信心。看着眼前这个孩子，又加重了我的担忧。文凭是你参与社会竞争活动的一张入场券，这张入场券又分甲、乙、丙、丁的等级。你拿到甲券和乙券的意义和价值就不一样，在目前只看文凭不看能力的情况下，这张纸真的是太贵了。但是像董健妈妈这样走极端的现象也是不对的。我跟董健的妈妈说，其实，读书不一定非去名牌大学，更不一定非得去北大，在一个普通大学同样可以学到知识，培养自己的能力，发挥自己的天赋。金子在任何地方都会发光的，一个人的能力在什么地方都能发挥出来的。

我的话并没有说服董健的妈妈，她依然坚持自己的想法。

于是，我给她讲了一个真实的故事。

我认识的一位博士，家住偏远的山区，那里的教育相当落后，就在高考之前，他还没有离开过那座山，他不知道山外的花红柳绿，更不知道外面的世界有多精彩，他整天陶醉在书籍的海洋里。当他接到一所地方大学的录取通知书时，他懂得这是他成功的开始。他当然也向往名牌大学，因为他也知道，学校的条件好固然有助于一个人成材，但是，从根本上讲，一个人是否成材，靠的还是自己，看他是不是有明确的目标，坚定的意志，持之以恒的奋斗精神。就在他读大学二年级的时候，他已经把大学四年级的课程全部自学完了，提前考取了研究生，之后又读了博士，找到了自己理想的工作单位。他凭着自己的努力和勤奋实现了自己的愿望和理想。

我还认识一位残疾人作家，他叫史铁生，是一位许多人都喜欢的作家。十几岁的时候，也就是其他孩子读书的年龄，他去了一个非常苦的地方插队，生活磨练了他的意志，点燃了他的理想之火和求知的渴望。他经常把牛放到山上，然后像王冕一样坐在树下读起书来，就这样读了许多世界名著，为他后来的写作打下了坚固的基础。后来，他的腿瘫了，也因此才回到北京。然而他的生活激情并没有减退，从此开始了自己的文学创作生涯。起初，他一天写 200 字，最多的时候也不过 300 字，但就这样，他仍每天坚持写，后来他写出很多优秀作品。

他从来没有进过大学的校门，却成了一位优秀的作家。这足以说明，一个优秀的人才，不一定非得在大学才能培养出来。爱迪生没有上过大学，陈寅恪没上过大学，鲁迅也没上过大学，他们不都成为伟大的科学家、伟大的学者和伟大的文学家了吗？

固然，上大学对一个现代人来讲，是必要的，但不必把大学的牌子看得过于重要，不要为了形式上的虚荣而牺牲更为重要的东西，比如自由轻松的感受、快乐的心情，健全的生活，正常的心态，等等，等等。

让我们给孩子拒绝北大的自由，正像给他们选择北大的自由一样。

一位中学生拒绝北大的理由

时　　间：2001 年 6 月
地　　点：编辑部
采访对象：高三学生　罗冰峰

　　我曾写过一篇题为《拒绝北大》的文章，对一些人在孩子考大学问题上的舍本逐末，追求名牌的做法，谈了自己的一点批评性意见。文章发表以后听到了几种意见，自然是有人赞同，有人反对，有人折衷取论。而在赞同的读者中，就有一位即将参加高考的中学生。

　　他叫罗冰峰，再过一个月，他就要参加高考了。他是一个非常有个性的男孩子，对什么问题都有自己独特的看法。前几天，他打电话来，说我写的那篇《拒绝北大》的文章给他今年报考大学提了个醒。同时，他在电话里又对我的文章提出了批评性的建议。我对这个男孩子的意见非常感兴趣，于是，就约他来到编辑部。

　　当我见到罗冰峰时，他的打扮和气质使我不能理解，他身上那件退了色的 T 恤衫上，自己用各种色彩画了一些看不懂的图案，他背了一个旧式的军用书包，斜挎着。他意识到我在打量他的穿着，却很自然地跟我说："朱老师，您看我是不是挺有个性的？"我说："是的，我看不懂你身上画的是什么图案？"他说："这不重要。"他接着说："我又在网上看到北大校园里的一些故事，越来越觉得北大不是心中的北大了。"

　　他又说："您的那篇文章只提到了给孩子拒绝北大的自由，那么理由呢？"

　　确实，在谈到这个问题的时候，我并没有陈述拒绝北大的具体理由。比如，北大也一定存在着教育体制上的问题、道德教育方面的问题，施爱教育问题、校园风气等等方面的问题。

但我还是想听听罗冰峰的理由："你觉得拒绝北大需要什么样的理由呢？"

他说，他对许多人的只看形式、图好听的虚荣心反感透了。老师、家长都把考北大、清华当做至高无上的理想和目标，似乎只要考进这样的学校，就一定能成大器。他说他认识一个高年级的同学，就为考了北大，就一下成了人人都称赞的对象，老师动不动就提到他的名字，拿他作榜样来教训他们，似乎学生到学校苦学几年的目标只有一个，那就是考一个名牌大学，自己出人头地，父母脸上有光，老师感觉自豪，学校榜上有名。

"以我的成绩，考取北大没有任何问题，可是我偏不考北大。"罗冰峰说出了自己的决定，似乎在和谁赌气。

我说："北大倒不是不可以考，问题是大家不要把考名牌当做惟一目标，强调到不适当的程度。你拒绝报考北大，似乎也大可不必。只要大家都抱一个正常的态度来看待报考名牌院校这件事，就不会走极端了。"

他说："我拒绝报考北大，是因为北大并不是我满意的学校，而且不仅不满意甚至还有些失望。"

"失望？哪些方面让你失望？"

"首先，北大并没有什么特别的地方，我是说它并没有自己的区别于其他大学的个性和精神，除了它的名字之外它与别的一些名牌大学似乎没有什么不一样。"

"能否说具体些？"

"比如那次克林顿在北大演讲，那几个北大学生提出的情绪性的问题，我都能提出来，实在没有意思，更可笑的是我后来看到一个消息说，那几个提出问题的学生几乎全部选择到美国留学，真不可思议！"

我说："批评美国政府的一些做法，具体地说，批评美国的一些对华政策，似乎也可以理解。"

他说："不是不能批评，而是太情绪化，太没水平，给人的感觉是他们是绝对不会低三下四跟美国人套磁的。这种情绪化的做法，给人一种表演的感觉，很不真实，而事实证明，他们确实在表演。"

我说："事实上他们的情绪也不是他们个人的，而是反映了许多人的情绪。"

"代表的人多，就能保证他们不说没水平、没主见的话吗？"

"就算这是你对北大失望的一个理由。那还有别的理由吗？——光凭这一点拒绝报考北大，理由似乎并不够充分。"

"有，我对北大的另一个失望，是我从电视中看到一位北大的教授大捧金庸。有很多人喜欢读金庸的小说，简直不可理解。我特别讨厌金庸的作品。他的小说就像他的名字，实在太平庸。他的一些小说，如《鹿鼎记》，比平庸还可怕，简直就是粗俗。金庸自己在电视上露脸的时候把他的韦小宝跟鲁迅的阿Q相提并论，真好意思说。而北大的那位教授夸金庸的好听话，跟我读金庸小说的感受和印象，差得太远。我想，教授的水平应该比我这样的中学生要高吧，但他真的让我很失望。北大的教授就这个样子吗？我倒是赞成南京大学的那位王老师的观点，他的观点才是对的。那一天看电视，把我给气坏了，中央电视台的那个女主持人太武断，竟然不许王学者说话，她的倾向性错误引得坐在台下的参与者一直反对王老师。"

"我也认为金庸的作品不是文学，只能算作是吃饱饭没事的消闲品。"

我想知道他为什么不像一般的中学生那样喜欢金庸，反而会那么反感，于是岔开话题问他："你觉得金庸的小说在哪些方面最让你不喜欢？"

"虚伪，不真实，明显是胡编乱造嘛。还有，就是特俗，格调太低。"

我说："文学欣赏，见仁见智甚至看法完全相反，都是很正常的事情。古人说'诗无达诂'，就是说对诗的解释和评价是多样的，很难找到一个绝对正确的尺度，很难得出一个人人都能接受的结论。所以，在文学欣赏问题上每个人都可以有偏爱，但不可以有偏见。目前，对金庸的评价，确实有些过高，这确实让人反感，在这一点上，我跟你的感觉是一样的。但是，即使对这一现象，我们也应该抱宽容和理解的态度，而不能过于苛刻。"

这位中学生拒绝北大的两个理由当然并不充分，因为对这几件事、几个人不满而拒绝一所大学，显然同样是"情绪化"的表现。但他所讲的两件事情却并非无足轻重的小事，北大学生质问克林顿的话，缺乏个人色彩和思想价值，显然表达的是一些流行的观点，而且表达得那样笨拙，那样让人失望。这从某种程度上反映着北大学生个人素质和修养上存在的问题。至于那位过高地评价金庸的北大教授，我们虽然应该充分尊重他在文学批评上的个人权利和自由，但也应该指出他的一些观点和看法，确实很难自圆其说，尤其对金庸的作品消极的一面分析得太少。例如金庸的小说最致命的问题，是缺乏有价值的思想，缺乏有现实气息的生活氛围，总是肤浅，那么虚假。而且，从整体上看，他的创作的模式化特征也很明显，许多情节彼此雷同，许多人物彼此相像，正所谓千部一腔、千人一面。这些问题是应该引起人们注意的。

罗冰峰最后还说："我的表哥现在就在北大中文系读书，他回来跟我说，其实北大没什么神秘的，本科生听不到名教授的课，他们把时间放在谈恋爱上的倒是不少，反正从北大毕业出来，就是再臭的也能找到好的工作，对了，我还读过北大学生孔庆东写的书《47楼207》和余杰的《一个北大怪才的抽屉文学》。从他们的作品里我看不出值得称赞的北大精神，倒觉得有王朔一样的痞气。余杰有一篇文章的题目《我来剥钱穆的皮》，对国学大师钱穆先生恶语相加，还有一篇文章用不符合事实的材料依据，说肖洛霍夫的长篇小说《静静的顿河》是一个从白俄军官那里剽窃来的，没过多久，我就从报上看到一则消息，说俄罗斯发现了肖洛霍夫的手稿，俄总统普京决定用重金买下。由此可见，'北大怪才'的学问做得多糟糕，说话多么随便。我倒是非常喜欢钱理群教授，如果考北大，能听他的课那还不错。"

依据这两条拒绝北大，固然大可不必，但北大（当然包括其他大学）让人失望的应该不止这些吧？但愿在将来，中学生能走进更让自己满意的大学。

罗冰峰同学自认为拒绝北大的理由很充分，在此，他意识到了人格和道德的问题。这确实是一个不容忽视的问题。美国教育家托马斯－里克纳说："道德沦丧的标志，当社会强调个体的价值，学校在道德问题上持中立立场时，乌云就在道德地平线上升起。道德沦丧首先是在社会中扩散，然后开始侵入青少年。"谈到了道德，就要谈品格。因为道德行为在很大程度上讲是另外两个组成部分的结果。

有同学愿意就这个问题谈谈自己的看法吗？请给我来信。

北大能给我们提供什么

时　　间：2001 年 10 月 21 日　星期日
地　　点：编辑部
采访对象：王妙微

　　坐在编辑部沙发上的这个文静女孩子叫王妙微，她是某高中三年级的学生，她常常给我写信，对某些社会问题和教育问题提出很独特的见解。

　　眼下，王妙微正在考虑她明年考学的打算。她认为，北大的牌子固然诱人，但是北大这些年来有不好的风气却让她失望，因为她对北大的期望值太高了，把北大视为"心中的圣典"。

　　她来编辑部找我，也是想聊聊关于北大有没有精神及北大究竟能给我们提供什么的话题。她说："朱老师，很高兴与您聊天。您的那一篇《拒绝北大》在我们同学中引起不少争论，有的同学说您在鼓动同学们的情绪，挑起"战争"，有的同学说您在为我们找台阶，反正说什么的都有，我倒觉得您的说法对，如果是金子，在哪里都会发光。最近我在想，北京大学这个牌子对我们中学生来说只是一个耀眼的光环，戴在头上给别人看的？如果不是这样，你又对北大理解多少呢？你考取北大想获取的是什么？而北大又能给我们提供什么？"

　　我说："你怎么看？"

　　她说："我从小就仰慕北京大学，梦想着长大了能到北大读书，那

11

该有多荣耀，因此我的爸爸和妈妈一直鼓励我向北大的目标冲刺。我长大了，慢慢地我开始了思考，在报上、在网上看到很多北大的学生不好好学习，身上沾染着社会上一些不好的东西，谈恋爱、喝酒、打麻将，总之，社会上有的北大全有，有的女孩子甚至怀孕、堕胎，还有跳楼自杀的。这时，我开始对我的追求感到茫然，我向往的北大究竟能给我们提供什么呢?"

的确，这些年来北大精神似乎不存在了，蔡元培先生的"思想自由，兼容并包"的主张发生了变化。从一些资料和从北大校园中了解到的一些情况得知，北大精神和它的辉煌在一天天地逝去，听到和看到这些，一种淡淡的失望悄悄地袭上心头。"敢于'兼容并包'的北大，历史上你有这么多可堪称道的包容，为什么到后来，你所包容的声音就越来越少了呢?""在历史关头举起过'五·四'大旗的北大，为什么在'真理标准大讨论'的历史时刻，你就没有登高一呼的再度辉煌? 你是没有准备好，还是因为珍贵的传统已'流失'得多?"

这是在一个报纸副刊上看到的一篇文章。是的，可能会有人不同意文章中的某些观点，但是却不能不正视文章中所提示的基本事实。

钱理群先生在《百年光荣与耻辱》的文章中说:"我们在回顾北大百年的历史时，有意无意地回避许多东西。我们高谈北大的'光荣'，却不敢触及同样惊心动魄的'耻辱'; 我们一厢情愿地描绘了一个'一路凯歌行进'的百年辉煌，却闭眼不承认前进途中的坎坷、曲折、倒退与失误; 我们用鲜花（其中有的竟是假制的纸花）与甜腻的歌唱掩盖了历史的血腥与污秽!"钱先生的意思很明白，在过去的百年里，北大精神之火并没有照亮北大的校园。

那么，大学之道是什么? 大学的精神是什么? 古人云:"大学之道在于明德、在于亲民、在于至善。"这里其实包含着适合现代大学教育的理念。一般来讲，现代意义上的所谓大学，不仅应该是知识的摇篮、培养人格优雅的保姆，还应该是包括民主、博爱、自由、平等精神在内的现代精神的守护神。因此，大学应该首先是一个精神、文化的实体，它的实现应该是自由的、独立的，而不是奴性的、依附的。提示信仰的图景，是意义和价值世界的守望者，是为一个社会创造精神价值，提供优秀的资源的人才所在，它对社会的态度是批判性的，它冷静地审视，理性地分析，然后，准确地下判断。它不服务于高高在上的异化性力量，相反，它无所畏惧地与之对抗。它把对任何权力的屈从，当做巨大的耻辱。

上述种种，是每一所大学都应该具有的品质和操守。但是，每一所大学还应该有自己的个性和精神。这种属于自己的独有的精神，一方面体现在它的外在风格上，比如，它的建筑风格，所处的方位、美化的程度等等，但是，更体现在精神和性格上。

一个大学也像一个人一样，它有自己的兴趣、目标和关注的问题。因此，我们提到一所大学时应该像提到一个人一样，就会想到他的性格、为人等等。然而，从精神上看，中国大学的个性都不算分明，它们的性格都是圆的。清华如此、复旦如此、南开如此、北大也不例外。这些学校的区别和特征，只是表现在外部的物质层面上。即使像北大这样的学校，虽然有百年的历史，有不少的学者和教授，有大得有些怕人的名声，但是，北大却不产生思想，没有提供有价值的精神文化产品。仅就文学和文化而言，季羡林、张岱年先生对东方文化的乐观想象，有些绝对化，季羡林先生凭着想象就将未来文化的向导角度和主掌地位，分派给了东方文化；张岱年则把"孔子和道德"视为"文本主义的道德观"，而将欧洲、西亚以及印度等从上帝、神、佛伸出的道德原则，贬为非人文主义的，从而得出这样的结论：即，孔子的道德观："比宗教的道德观更高明。"（见《东方》杂志，1999 年第 10 期，第 5 页）文化如此、文学如此、学校如此、教授也让人乐观不起来，他们更热衷于编"百年精典"的文章和著作，则食洋不化，半通不通，让人读不懂，没有观念感，也谈不到内在的深度，不过是一堆可以当"科研成果"的文字而已。

从师资构成上看，北大也同样存在"近亲繁殖"的情况，大多是自己的学生毕业留校，而这些学生与他们老师在思想观念和教学方式上，又恰恰相同，走一条路，根本谈不到探索新的高度，也根本谈不到"学术自由、兼容并包"的精神。北大固有的精神就这样死亡了。到此境地，我们还能指望北大给我们提供什么呢？被抹了过多的眩幻光彩的"北大"二字的内里，早已没有了那种属于自己的精神和品质。换句话说，"北大"再也不能给我们提供精神和价值，只能引发人们深长的思索和叹息。

鸟巢之上有蓝天

时　　间：2001 年 7 月 25 日
地　　点：编辑部
采访对象：芸芸、李小真、庞勃

　　三个漂亮的姑娘坐在我的面前，显得是那样的妩媚动人，笑容也如此灿烂。她们三人是同班同学，又是形影不离的好朋友。然而，面临高考、面临毕业、面临她们即将各奔东西的分离，她们有喜又有忧，她们都在讲着自己不同的故事。

　　郭老师的女儿芸芸，C 市师大附中高中应届毕业生，她天生就是一个生活乐观，性格外向的孩子。是 C 市这所重点中学文科班的优等生，今年高考她考了 630 分的好成绩，但郭老师和丈夫依然不放心。

　　考前，芸芸填的第一志愿是北京大学金融系，分数下来后，郭老师就忙开了，托熟人查排名、了解"内情"。结果出来了，在 C 市的考生里，填报这个志愿的女儿是第二名，但郭老师仍不放心，这还只是市内成绩，谁知道全省有没有更好的成绩呢？

　　好长一段时间，郭老师就在这样的焦灼与等待中度过。她告诉我，虽然家境不算富裕，但平时还有些积蓄："女儿一辈子就这么一次，总要尽尽心力吧，别让孩子将来埋怨我们。"

　　芸芸说："我早说好了，我上大学不用家里的钱，我会利用学习之余去挣钱。我相信自己的能力。我在高中阶段的学习就是边玩边学，因为这没少挨家长的骂。特别是准备高考这一年，妈妈就成了'碎嘴子'，整天地给我安排这又安排那的，就没有一点让我自己安排的时间。幸亏这次高考我的成绩还不错，不然的话我真不知道我妈会怎么唠叨呢。"

芸芸又说："我拿我妈一点办法也没有，我高考得了高分她也不放心。这不，她又在外边瞎忙呢。"

其实当家长最不了解自己的孩子，他们总把自己没有实现的东西强加在他们的孩子身上，他们根本不知道眼下的高中生除了学习之外的一切想法，更不允许有别的想法，我建议所有的家长应该与自己的孩子交朋友，那该多好。

李小真的妈妈在电影厂当配音演员，她总是恨自己没有考上大学，所以把一切的希望都寄托在女儿身上。从上高中起，她就教育李小真，要考中国最好的大学，妈妈的惟一梦想就是能上大学，你考取一个好的大学，也算是圆妈妈一个上大学的梦。她自己也是尽可能地给小真创造最好的学习环境。

李小真文静、自尊心强又爱学习。在师大附中读书时，成绩一直名列前茅，但今年高考不知为何发挥不正常，成绩刚好上重点分数线。

妈妈说："如果第一志愿走不了，就让小真复读一年，争取第二年再考，读就读最好的大学。"小真一副无可奈何的样子。

她说："我自己并不愿意复读，我觉得上一般的本科学校，然后再考名牌大学的研究生，不也是一条可走的路吗？"

与芸芸和李小真不同，庞勃倒显得很悠闲。她告诉我，她的爸爸和妈妈都是省医院很有名的外科医生，家里的经济条件比较好，从小学到高中一直在好的学校里读书，而每一次都是花钱进去的。因为家长工作忙，没有多少时间管庞勃，所以她的学习一直是在中等左右。但这次高考庞勃考得并不理想，刚够上专科的分数线。

庞勃说："考得不好也是我预料之中的事，我用的功夫没有她们两人多，不是有一句名言吗？一分耕耘一分收获。其实我什么道理都懂，我也知道我爸爸妈妈的钱挣得不容易。供我这么多年，我给他们的回报

拒绝北大——一个女编辑与中学生的对话

却让他们失望。我的心里也有些过意不去。"

庞勃是个懂事的女孩子，说到这时她有些难过，眼圈红了。

停了一会儿，庞勃说："告诉您朱老师，我准备去加拿大温哥华的一所大学读书，我姑姑在那已给我联系好了。从明天开始，我就去学习英语，9月份就去加拿大读书。这一次我会好好利用这段时间充实自己，再不能荒废自己的学业了。"

听着这三个女孩子讲完各自的打算以后，我说："你们想过吗？学习的目的是什么？人生的目的么？考取名牌大学的目的又是什么？"

她们三人几乎是不假思索地回答：毕业后找到好的工作、生活过得可以舒服一些。

我说："如果只为了以后能过上比较安逸的生活，就用不着吃这么多苦。讲一个故事给你们听，这是日本的学者池田大作讲的故事：

曾经有一个商人来到南洋的一个小岛，他看见一群少年在沙滩悠闲地躺着，于是就对他们说：大白天的，不可这样游手好闲，得上学念书啊！

少年们问他：为什么一定要上学呢？

他说：好好学习，取得好成绩。

少年们又问：取得了好成绩又会怎么样呢？

他说：有了好成绩就可以进名牌大学。

少年们又问：进了名牌大学又能怎么样？

他说：毕业后，就可以进好的公司、拿高薪，或许还能有一个好的婚姻。

然后呢？

可住在舒适的家里，过美好的生活。勤奋地工作直到退休，当然让我的孩子也进名牌大学。

在这之后呢？

在这之后，就找个温暖的地方，每天好好享受。

少年们说：要是这样，真的没必要等到那么久，现在我们不是正在享受吗？

　　这个故事告诉我们，学习的真正目的绝不是为考取名牌大学，也不单是为了以后的舒适和享受。学习是为了充实自己的头脑和心灵，使自己成为知识渊博的人，能够创造性地过有意义的生活。鸟儿需要筑巢来避风雨，但巢之上的蓝天才能证明它们的翅膀能飞多高，才能给它们带来在细雨微风中飞翔的快乐。

蓝色情愫

你好，忧郁！再见，忧郁！

时　　间：2001 年 8 月 15 日

地　　点：编辑部

采访对象：马大海

　　马大海把电话打到编辑部。他说这会儿他一个人在家，高考之后这还是第一次得到的"自由"。他说："朱老师，我都不好意思告诉你，我高考落榜了。我妈妈怕我想不开，总是在家看着我。您方便时给我打电话好吗？"

　　又是一个落榜的孩子，这些天我已经采访了几个这样的学生。这些孩子都是好学生，平时学习成绩也很好，高考成绩不理想的主要原因大都出在各自的心态和情绪上。

　　马大海又是什么原因呢？很想找他聊聊，于是我又打电话给他。

　　我说："马大海，你如果方便，到编辑部来我们聊聊天好吗？"

　　马大海在电话的那一边犹豫了片刻："好。15 分后见。"

　　我放下手中的校对稿，把饮水机的制冷开关打开，马大海一定走得很热，让他喝点冰水会好些。同时我也在猜想着马大海会是一个怎么样的男孩子呢？

　　这时很重的脚步声在走廊中传过来。

　　马大海在编辑部里四周看了看，我猜出他的意思，便告诉他："今天我值班，没有别人，先喝杯水凉快凉快。"

　　马大海个子很高，戴了一副无框的眼镜，气质不错，只是显得有些忧郁。

"其实落榜不算什么事，明年再考。说不定比今年报考的学校还要好呢。"我是想安慰他一下，没想到却触到了他的痛处。

他说："朱老师，您也别安慰我，这几天这话我听得多了。我来找您就是想跟您说说话，在高考前的半年时间里，由于考试增加，比如月考，各种模拟考试，搞得我患上了"考试忧郁症"，每天都处于紧张的状态中。在学校里同学们都叫我'忧郁的海'。"

我说："你想说什么就尽情地说吧，咱们像朋友一样聊天，把我当做你的知心朋友，或者是当做倾听的对象。我会珍重你对我的信任。"

马大海长长地叹口气："是的，人总需要倾诉的，在家里父母不理解，在学校里更没有能说话的人。您不知道，中学生的苦恼、忧郁的事多着呢，特别是男生，在社会上，在家庭里，在学校都把男生看成应该承担一切的男人，所有的人都期待着我们能独立地、很'酷'地度过青春期，不允许男生出现任何问题。其实书上说青春期的男生是最容易患上忧郁症的。"

我倒是被眼前的这个男孩子给震住了，他竟然懂得这么多。

我又给他倒了一杯水。

他说："谢谢。其实我也没什么，我妈她就是不了解中学生的心理，总是把我当成小孩子，没办法。"他笑起来的时候真是个孩子样。"我就不相信我会落榜，按平时的成绩考上海交大绝对没有问题，刚上高三时就说好了，我和李雪一起报考上海交大·。"

说到李雪，他脸色有些不自然。马大海接着说："高三的上学期我的心情格外好，我和李雪的成绩都在上升，就在这时班上有人告密，说我们在谈恋爱，事情传得越来越离谱，越来越不像样子。有一天，李雪终于向我亮了黄牌，宣告不再与我往来。她真是说到做到，可是我却惨到了极点。就是从那时候开始，我对谁都懒得说话，总是喜欢一个人呆着。总爱胡思乱想，越想越沉重，就越难受，最后影响了高考。"

马大海停了片刻，他有些不好意思地从牛仔裤兜里掏出了一个小日记本递给我，上面记录了一些高考后的心情。其中有一篇题目叫《告别忧郁的海》的小文章写的非常好。经马大海的同意，我把它抄录下来：

忧郁是什么呢？

也许，这是不可言说的。忧郁，也许是沉思默想、悲天悯人时的那种缠绵悱恻、欲说还休的愁绪；也许是独自一人徘徊在荒凉的山村、颓败的古城墙、朦胧的雨巷、寂静的荷塘月色时的那种低徊、委婉的心境，也许是反复吟哦"古道西风瘦马，夕阳西下，断肠人在天涯"、或"蓦然回首，那人却在，灯火阑珊处"时的那种温柔的怜悯……

我不知道还有哪种情感比忧郁更为迷人了。

也许，忧郁实际上只不过根源于少男少女对痛苦经验的一种朦胧渴求。少男少女憧憬着成年人的世界。

依稀记得高三时的那些周末。我独自坐在空荡荡教室的最后一排，我默默地倾听自己心灵的独白。白昼间的一切喧哗和骚动似乎一下子都隐遁了。透过玻璃窗凝望着一株在晚风中飘摇无依的小草，一种沉重的压抑感占据了我的心头。我感到了充实。

是啊，我在这儿读书，我看不起那些肤浅而轻薄，只知道整天围着女孩子大献殷勤的男生们。我对他们充满鄙视，但暗暗地又有些羡慕。与此同时，我也偷偷地喜欢着班上的一个女生。我勉强轻蔑地一笑，在那种恶意的嘲弄之中——我不知道是嘲弄别人，还是嘲弄自己，抑或两者兼而有之——我似乎又感到了些许快乐。

也许，这就是忧郁。

它总是伴随着那种既甜蜜又苦恼，既纯情又复杂的令人回味无穷的感伤。它从不劝人积极地主动追求心灵的理想，相反，它只是让我温情而又寂寞地站在远处旁观。它把紧张的心理欲求轻轻化解为像梦那样温馨的幻想，它把强烈的生命冲动悄悄转换成像诗那样圣洁的沉思。

我无端地感到自己受了委屈，没有人了解我们，我也不愿意让别人来了解自己。我们在想象中任意夸大着自己的孤独和不幸，我沉醉在对自己遭受的莫大痛苦的体验中，我抱膝自温、顾影自怜。我们放逐了自己，使自己成为精神世界的浪子和逐客。在这种孤独中，我们又感到了自己凛然不可侵犯的尊严。

然而，也许应该感谢忧郁，因为忧郁给我带来了灵魂的平静。

忧郁是青春的守护神，是我的避难所和精神家园。它永恒地祝福我的不幸和失败，永恒地肯定脆弱和羞怯，永恒地庇护心灵不再受到伤害。

也许，忧郁是值得留恋的，因为它毕竟将我的少年时代赋予了诗的内涵，它使我成为诗人和幻想家，使我们暮年的记忆有了寄托和归依。然而，我们终于又要告别忧郁，因为晨雾必将散尽，青春必将远逝，而我必须要睁开眼睛，打开窗户，去征服脚下的苍茫大地。必须走向成熟和深沉。因为少年之梦已然做完，我们无法挽留。

那么，让我对往昔潇洒地挥挥手，告别那个"忧郁的海"。

看了马大海的文章，又看了看坐在我对面稚嫩而显得有些成熟的男孩子，无须再用说教的话语去开导他。我向他投去信任的目光。就在这时，我也看到了马大海眼神中的自信。我跟他说，如果你有时间就读一些经典的作品，读经典会使你成熟而伟大起来。于是，我送他一份复印好了的美国作家莫利的散文《门》。

……

秋天的书简

时　　间：2001 年 9 月 15 日
地　　点：zhujing@ pubilc. cc. jl. cn
采访对象：星星（化名）

　　打开电子信箱，收到一个名叫星星的中学生来信，他在信中谈到对中国中学阶段教育的不满和失望。我认为星星同学提出了一个十分严肃的话题，于是，我给他写了回信，对现行的中学教育及教育体制中存在的问题作点探讨，下面就是星星同学写给我的信：

朱老师：

　　您好。

　　我是一个高三的学生，冒昧地写信给您。

　　算起来我在学校里学习也有 12 年了，对我国的现行教育不敢说有着很深切的体会，但是可以说我已经有些麻木了。我觉得我自己现在是一名失败的教育体制的牺牲品，在我的周围，不知道有多少同学跟我一样对我们现今教育体制不满，可从来都是说过就算了。听说某某退学的消息、听说某某得奖的消息、听说某某出国的消息、听说某某出书及一切好的和坏的消息，我们也都只是发出一声叹息：真没意思，不过如此。

　　我们这一代中学生真的麻木了。

　　今年我上高三了，高三意味着什么？

我自己有时都不能肯定，使我清楚不过的一点就是快乐、课外读物、自己爱好等等，凡是与高考学习无关的一切的一切都将流放到遥远的地方，生活好像寒秋的大地一片灰色，笑声和天真再也不属于我们了，我们稚气的脸上强加上了一张成熟的面纱，我们的天真和快乐在随风飘逝……在高三这一年的空气里将充满着灰暗的咏叹调，我们对考试早已变得冷漠和无奈，我们每天有的只是机械地思维，有的只是循规蹈矩地徘徊于两点一线之间努力、学习、测验……这些词每天都无情地折磨着你的耳朵，可以把我的耳朵磨出老茧……尽管这样，"睡觉"这个词还是不在这个排列之内，多么可怜的一点要求呀，我说的最多的一句话就是：等考完试，我要好好地睡上几天。有时竟然自己骗自己，骗家长，晚上的时候，手里拿着一个苹果，站在电视前小口小口地吃着，但愿这个小小的苹果能让我看完一场德甲的精彩球赛。总不能不让吃水果吧！

其实，中国教育的警钟时时在敲，可我们的境遇却没有丝毫的改变，减负似乎和我们没什么关系，因为老师说过"如果你不想上大学，你不想上名牌大学，你完全可以自己减负。"

谁敢说不想上大学？谁不愿意上北大那样好的大学呢？那就学吧，不是有这样一句话吗书山有路勤为径，学海无涯苦作舟。

我希望教育界的有关人士能看见我的这篇牢骚，能够尽快采取行动，解放身背重负的中学生。

顺便告诉您朱老师，我和我的同学们都很喜欢您写的《与中学生对话》，我们还有好多中学生的故事您想知道吗？

星　星
2001 年 9 月 14 日

星星同学：

你好。

你在信中谈到了中国现行教育存在的种种问题说明你在关注着中国教育，从这一点上看，你的头脑十分清醒，并不像你自己说的已经麻木了。

　的确，中国现行教育确实存在着很多问题。我认为，这些问题可以分为两个层面，一是教育制度方面的问题，二是教育理念方面的问题。关于教育制度上存在的问题，人们的认识显然还没有深入下去，这涉及到谁来办学和教育方针上的问题，目前对教育理念问题我们也开始了关注，这就是把我们的中学生培养成一个什么样的人才的问题。现行的教育基本上是强迫式的教学，没有给学生留下发挥和想象的空间，把中学生视为奴隶。

　　我儿子上初中二年级，开学初，他们班上转来一个从美国读书几年回来的同学，这个男生从上小学起就在美国读书，他说："美国的老师从来不在学生的作业上画叉儿，学生做得不对，老师就在那里打一个问号。可是，回到中国后，我的作业本常常是接连不断地被打上一个又一个大大的红叉儿，那个红色叉儿让我有一种强烈的失败感和恐惧感，有时我甚至不敢打开作业本，害怕做作业，讨厌学校。"这个同学还说："在美国这么多年，老师和同学之间非常平等，并教导学生要学会尊重他人，在我们上课回答不上来问题时，老师从不打击我们的自信心，而总是肯定我们做得好的地方，比如我上课回答问题答得不对，老师就会说'你的思路很独特，这也算是答案的一部分，你为什么这样想呢?'可现在，我根本没有勇气回答问题，如果答错，我会在老师不满的目光中和同学们的嘲笑中抬不起头来。"

　　学生们要求平等，相互尊重，这是很正常的。有一个叫董浩的男孩告诉我，他在加拿大读了两年高中，在那里上作文课时，老师总是介绍目前在社会上流行的一种现象，然后让学生发表自己的想法和观点，老师决不提出一种权威的想法，或者是把某种目的性很强的内容强加给学生，在这样的教育和教学中，老师和学生的关系是平等的，更是相互尊重的关系。

　　蔡元培先生则说，教育"要开发人本身所具有的美好的东西"。

　　教育不是外加的一个什么东西，而是要把一个人内在的潜能激发出来使它升华、丰富，跟这个世界建立一种更加广泛的联系。人一出生时什么也不懂，意识很弱，在他们成长的过程中，大人应该帮助他们跟世界建立广泛的精神联系，将他们内在的美好的东西激发出来。

在现行的教育中，中学生们的牺牲是最大的。

现在的中学生没有无忧无虑的童年和少年，青春的快乐被考试的痛苦、打击、恐惧、焦虑所湮没，父母的爱心变成了残忍，温情的关注变成了猫对老鼠的监督。

高三的学子们怎么能不觉得压抑和苦恼呢？他们的命运都要由几张考卷来决定。凝聚考卷上纵横交错的心灵电波，其间的血和泪、悲和愁是任何高科技都难以破译的。

星星同学，作为你的朋友和一个中学生的家长，我非常理解你的苦衷，我每天对我儿子的学习也像千万个家长一样着急，我也常常建议中学生们自己制订一个学习方案，能否在快乐的心情中去学习，去阅读大量的课外书籍，这会为你储备更多课上学不到的知识。

好在中国的教育已经引起大家的关注和关心，我们都知道，教育的改革正在进行，我们共同期待着。

祝你在高三这一年中，身心愉快，在各方面都取得好的成绩，同时我还期待着你和你的同学在学习之余，给我写信，讲一些中学生的故事，好吗？

你的朋友

2001 年 9 月 15 日

在阴郁而温暖的季节

时　　间：2001 年 7 月
地　　点：编辑部
采访对象：卢红　朴明素（卢红的妈妈）

　　编辑部的正对面，是师大附中的校园，这天来，家长们在楼下的马路上坐成了排。中考刚刚结束，接着又是高考。陪考的家长们比参加考试的学生还多，一家至少一个，有的甚至有两三个人来陪。家长们都知道来陪也没有什么用，只是不来又放心不下，可怜天下父母心。我非常理解所有的家长们。倾听老师和家长们的心声，是一件让人轻松不起来的事情。

　　卢红的妈妈说："说到孩子考试，我心酸。每次孩子月考我都紧张得够呛，比她自己还紧张呢！有一次，数学月考，卢红竟然不及格，我的头一下子就大了，当时我什么也不顾地把她狠狠地训了一通，女儿委屈得不敢抬头，也不吃饭，把自己关在房子里，一直在哭。再想想这些年她每天都是晚上 11 点以后才睡觉，早晨 5 点就起来，我的那个酸，真是说不出来。自己的心情平静下来了，就心疼孩子。鼓励她别灰心，下次考好就行了。想想孩子们也实在太不容易了。"

　　卢红是今年参加中考的，临考试前那些天她是怎么过的呢？

　　她说："要说不苦不累那才是假话。六七月份，天热得要命，老师和学生却一口气都不敢松，一起在教室里争分夺秒。现在想起来都不知道是怎么过来的。每天早晨 4 点起床，背英语，记诗词，每天总是想找点窍门走点捷径，每天都有做不完的作业，压得我们喘不过气来，到晚上还得 11 点以后才能睡觉。这些还不算最苦，最苦的是心灵上和精神上的苦，学校、老师、家长、亲属们那关怀和期盼的目光，他们为自己的学习所创造的各种优越条件，我要是考不好对得起谁呢？"

　　卢红还说："在外面陪考的家长和老师更苦，他们害怕我们在考试时出现什么情况，在考场外寸步不离，您知道吗？考场外面是站没站地

29

儿，坐没坐地儿，他们是身体受罪，心里更受煎熬。"

几日后，我看到了一个叫王健的同学在报纸上发表的文章。那篇题为《回眸考试》的文章，记录了他参加中考时的心情。

回眸考试

枯燥又黑暗的初中三年生活总算过去了。痛定思痛，我想对那逝去的岁月做一番追忆与思考。

人生总有许多不得已的事，就像我不得不去面对初三，不得不去面对高中，不得不去面对熙熙攘攘的人们。初三，是一道让人惆怅的风景。

如果说初三是阴忧的天空，那么临考试的前一段就是阴雨连绵的日子。

初三的最后几次模拟考试令我记忆犹新。第一次我只得了 610 分，为此我曾苦恼过。语文老师的话给了我莫大的帮助和鼓舞。

我清晰地记得他那次与我谈心的情景：

"我知道你现在的心情，因为我也经历过那种痛苦，所以，我可以以过来人的身份与你谈谈心吧。"

我轻轻地点点头，老师便接下去说：

"现在的日子一定很苦很累，但你必须坚持。心态要平衡，要想远一些。一次考试没发挥好是极正常的事情，没什么大不了的，千万不能让它给压跨了，好好总结一下，找出问题，避免下次考试再犯同样的错误，这不也是考试以外的收获吗？"老师的话给了我勇气和信心。

很快就临近中考了。我却丝毫感觉不到紧张。甚至可以说，中考在我眼中竟然成了一次小试牛刀的机会。我不求如何辉煌，只为发挥出水平。失败，不要过多考虑。而要保持一颗平常心。这颗平常心让我对中考始终充满信心。

中考那几日，父亲一直随行。他忙前忙后，又是笔袋又是饮料，还帮我打着遮阳伞，并不时地讲些轻松的话题，来缓解紧张的气氛。我被父亲深深地感动着。我必须成功！至今，父亲忙前忙后的身影还时常浮现在我的眼前。

成绩揭晓了，我终于如愿以偿地考进了师大附中。

初三是片茫茫无际的海，而老师的教导和父母之爱就是载着我漂泊的船；决心、恒心、信心则是我远航的帆，有了它们，我一定会乘风破浪，勇往直前……

走近大师

他替我们肩住了黑暗的闸门

时　　间：2001 年 9 月 15 日
地　　点：某初三语文教研室
采访对象：小楠

　　这个学期刚刚开学不久，我来到了 C 市某初中三年级的语文教室，因为我了解到，这一周这个年级要讲鲁迅的几篇作品，我想来听一听，现在的孩子们究竟对鲁迅有多少了解，有怎样的看法？

　　我常常想这样一个问题，那就是怎样才能让我们的孩子更好地理解鲁迅，怎样才能让孩子认识鲁迅思想的价值和他的作品的魅力。我怕我们的语文课所选的鲁迅杂文，不仅不能被孩子们所理解，而且还会使孩子误解鲁迅或片面地理解鲁迅。我曾问过一位中学生，他如何看鲁迅，他答道："鲁迅啊，他骂人不带脏字，挺会骂人的。"

　　听了这话，我的心里很不是滋味，伟大的先驱在中学生的眼里就只是个"会骂人"的人吗？

　　鲁迅在 1936 年 4 月 5 日致王冶秋的一封信中曾经说过："我的文章，未有阅历的人，不见得看得懂。"孩子们大多是没有"阅历"的人，所以他们读不懂鲁迅的作品，是一点都不奇怪的。但我这样的想当然的看法被一个中学生改变了。

　　他叫小楠。

　　小楠告诉我："我读过鲁迅的大部分作品，包括小说、散文、杂文。如《且介亭杂文》以及《朝花夕拾》等散文集。"

他又说:"还是在小学的时候,是我爸爸逼着我读鲁迅的作品,如《从百草园到三味书屋》,那时我根本读不懂,连照着念都念不下来,我爸爸非常严厉,告诉我一遍念不下来就念两遍三遍四遍……我爸说得还真对,待后来我竟然能背下来了,而且一读鲁迅的作品就感觉朗朗上口,那时我才读小学四年级。慢慢地,我对鲁迅作品喜欢得要命。谁要是说鲁迅不好,我跟谁急。我说的是真的。"

小楠想努力证实他说的是真的,但这是多余的,因为从他的眼睛里我已经看到了他的真诚。

因为这些年来只要他一跟同学们说起鲁迅,没有谁能跟他说到一起的,在这一点上他感到孤独。

我问他:"你喜欢鲁迅的什么呢?"

小楠说:"鲁迅先生敢说真话,他是个正直的人。他对不好的现象特别敏感,对美的东西又记得很深很牢。"

他叹了口气说:"我真的不能理解有些人为什么那样评价鲁迅,前一阵,我爸爸拿回来一篇文章,看了之后真把我给气坏了,把鲁迅骂得不像个样子,有的人要给鲁迅写'悼词',有的人还说鲁迅整个就是个'暴力'的化身,只会仇恨,而不懂得爱。"

小楠对鲁迅的认识和评价让我吃惊而高兴,而他的困惑和不满,也引发了我的沉思。

是的,现在是一个特别需要鲁迅精神的时代,我们的文学中缺少的就是鲁迅的风骨,但现在也是对鲁迅误解和贬低最多的时候。这对我们的孩子正确、全面理解鲁迅是很不利的。

固然,鲁迅身上的确有非常坚硬、耿直的一面,这使得他对任何邪恶的力量从不妥协,从不退让,甚至面对军阀们的屠刀,也敢拍案而起,写下了《纪念刘和珍君》这样的"敢于正视淋漓的鲜血"的文字。但鲁迅身上还有非常温柔的一面,这从他对弱者和底层人的同情上可以看出来,从他的女性观中可以看出来,尤其从他对孩子的爱中可以看出来。

鲁迅非常爱自己的儿子周海婴。有人因此讥笑他,觉得他过于儿女情长,他就写了一篇《答客诮》的诗,说连老虎这样凶猛的动物都知道"回眸时看小於菟（小老虎）"，更何况人呢？

他的结论是："无情未必真豪杰，怜子如何不丈夫"，人正因为有感情，懂得爱才配做人。鲁迅的朋友许寿裳说鲁迅"德行的特点"："第一是诚爱，他的创作即以其诚爱为核心的人格表现。"（《我所认识的鲁迅》，人民文学出版社，1978年版，第88页）又说，"鲁迅无论求学，做事，待人，交友，都是用真诚和挚爱的态度，始终如一，凡是和他接近过的人一定会感到的。"（同前，第36页）这一点尤其表现在他对儿童的充满爱意的态度上。他的小说《故乡》、《社戏》中的儿童多么可爱。在月光下碧绿的西瓜地里刺猹的闰土，还有那一群自己驾了船去看社戏的儿童：

我的很重的心忽而轻松了，身体也似乎舒展到了说不出的大。一出门，便望见月下的平桥内泊着的一只白篷的航船，大家跳下船，双喜拔前篙，阿发拔后篙，年幼的都陪我坐在舱中，较大的聚在船尾。母亲送出来吩咐"要小心"的时候，我们已经点开船，在桥石上一磕，退后几尺，即又上前出了桥。于是架起两支橹，一支两人，一里一换，有说笑的，有嚷的，夹着潺潺的船头激水的声音，在左右都是碧绿的豆麦田地的河流中，飞一般径向赵庄前进了。

对儿童的爱意，使他笔下的场景也亲切而美好：

两岸的豆麦和河底的水草所发散出来的清香，夹杂在水气中扑面的吹来；月色便朦胧在这水汽里。淡黑的起伏的连山，仿佛是踊跃的铁的兽脊似的，都远远地向船尾跑去了，但我却还以为船慢……

正是这种对儿童亲切、热烈、真诚的爱心，使得鲁迅在《狂人日记》中喊出了"救救孩子"的声音。事实上，鲁迅虽然清醒、深刻、富有常人难以比及的人生经验，但是鲁迅终其一生，其实还是保持着童心般的纯洁和善良，到了老年依然是个不愿世故圆滑的老孩子。但愿意永远住在孩子的世界里。他在《看图识字》一文中说："凡一个人，即使到了中年以至到了暮年，倘一和孩子接近，便会踏进久已忘却了的孩子世界的边疆去，想到月亮怎么会跟着人走？星星究竟是怎么镶在天空的？但孩子在他的世界里，好像鱼之在水，游泳自如，忘其所以的，成人都有如人的凫水一样，虽然，它觉得到水的柔滑和清凉，不过总不免吃力、为难，非上岸不可。……孩子总是可以敬服的，他常常想到星月以上的境界，想到地面以下的情形，想到花卉的用处，想到昆虫的言语；他想飞上天空，他想潜入蚁穴……"（《鲁迅全集》，第六卷，人民文学出版社，1981 年版，第 35—36 页）

正因为即使到了晚年依然对孩子如此充满爱意，对他们的世界如此向往，他才能够把这种爱推而广之，及于对一切人的深沉而博大的爱。他在写于 1919 年的《我们现在怎样做父亲》中说："自己背着因袭的重担，肩住了黑暗的闸门，放他们（指孩子们——引者）到光明的地方去；此后幸福的度日，合理的做人。"他后来在漫长的岁月里所做的一切都是为了"肩住了黑暗的闸门"，为了放更多的人"到光明的地方去"，而从这"闸门"出来的人，不仅仅有孩子们，还有在"黑暗的闸门"里做奴隶的大人们。

一个爱孩子，爱一切不幸者的人，一个为了他所爱的人们"肩住了黑暗的闸门"的人，怎么会是"暴力"的化身呢？会是一个只知道"仇恨"的人呢？难道为了否定一个伟大的人，连基本的事实都可以不顾吗？

鲁迅离我们有多远

时　　间：2001 年 7 月 24 日

地　　点：Zhujing@ public. cc. Jl. cn

采访对象：李维佳

打开我的邮箱，有一封从上海写来的信。

朱老师：你好。

本周四，语文老师带我们去了鲁迅纪念馆，为我们上了终生难忘的一堂语文课。老师说：鲁迅先生离我们很遥远，而事实也的确如此，他的一些作品很难理解，但经过这一次的参观，我发现，其实鲁迅先生离我们并不遥远，他与我们的心灵是相通的！

在纪念馆里，我们了解到，在日俄战争时，一个中国人给俄国人做侦探，被日本军捕获，要枪毙了，而围观的中国人居然拍掌欢呼"万岁"！当鲁迅先生看到了那惨不忍睹的一幕幕后，说道："医学并非一件紧要事，凡是愚弱的国民，即使体格如何健全，如何茁壮，也只能做毫无意义的示众的材料和看客！我们的主要任务是在改变人的精神！"于是，鲁迅先生便踏上了弃医从文的道路。他用了自己一生的精力，为改造国民性，为改变中国人的生存境况而写作。

鲁迅先生说得很对，即使国民们都身强力壮，但他们若是甘愿做奴隶和看客，若是没有做人的自觉意识，那又有何用呢？

众所周知，鲁迅先生笔下的阿 Q，他拥有的，就是典型的那个年代人们的性格：自欺和麻木、愚昧和糊涂，即使是在生命的最后一刻，他也只是说："二十年后又是一条……"，连"好汉"两字都说不出口，可想而知他有多么的可悲！但是，在那个年代，大街小巷中不像阿Q的又有几个？

在沉重的生活压力下，人们的思想都已经麻木不仁了，《故乡》中的闰土，不就是个典型的例子吗？他与木偶人又有什么区别呢？人与人之间的隔膜越来越大了，就像鲁迅先生所说的，仿佛隔了一层厚厚的障蔽，而周围，是看不见的墙！没有理解、没有平等、没有温暖、彼此隔绝。

人们整天整夜都生活在麻木中，在铁屋中沉睡着的人们，即将在梦中死去，毫无知觉……人与人之间没有真挚的感情，内心里只有冷漠和麻木，这一点从鲁镇的人们对失去儿子的祥林嫂的态度上可以看出来……

而鲁迅先生，在风雨如磐暗故园的年代里，却用火一样燃烧的文字向沉睡的人们发出了呐喊！

走出上海鲁迅纪念馆，我的心中充满对鲁迅先生的深深敬佩。这次参观使我对鲁迅先生了解了很多，我第一次发现原来我们之间的距离是这么近。

想起鲁迅先生的一句话：什么是路？就是从没路的地方踏出来的，从只有荆棘的地方开辟出来的。不管前方有多少困难，我都将勇敢面对，走自己的路。朱老师，能谈谈您的感受吗？

李维佳同学：你好。

谢谢你给我写信，信中你谈了去鲁迅纪念馆的感受和收获，也谈到了对鲁迅先生的敬仰之情。你作为中学生，能认识到鲁迅的精神和作品的价值，这是难能可贵的。

对鲁迅先生我同样敬仰，先生的精神影响了中国一代又一代知识分子。鲁迅的思想犹如浩瀚的海洋和灿烂的星空，对于他的思想的理解是一个永无止境的过程。是的，鲁迅先生离我们并不遥远，他的精神和他人格的力量一直在鼓舞着我们，我们时时能感受到他的精神光热。

鲁迅先生希望中国能由奴隶之国变成人之国，无声的中国变成有声的中国。凡是有利于人的生命和人性的发展的，他就竭诚欢迎或讴歌，反之，他必强烈诅咒与反对。

"没有伟大的人物出现的民族，是世界上最可怜的生物之群；有了伟大的人物，而不知道拥护、爱戴、崇仰的国家，是没有希望的奴隶之邦。"郁达夫在鲁迅去世后，高度地评价了他。

"或许，鲁迅真可以留给后人的，并不完全是他的作品，还有这样一种精神力量。他不像助人为乐那样可以遍地开花，但这种精神只需一缕便足可弥漫整个民族。"这是杭州的高文老师在《精神的力量》一书中说的。

上海某中学的顾莹莹在《牵鲁迅的手》中说："鲁迅的笔是尖锐的，但他的心是火热的。他包含着鲁迅对于国家的爱与责任。与鲁迅牵手是幸福的，他是成长的过程，更重要的是，他让我们萌发起对于祖国与民族的责任感。鲁迅的笔不能在我们的手中滑落。"

李维佳同学，我们都应该像鲁迅一样活着，我们都要像他一样有正义感，有一颗善良的心，乐于帮助，做一个正直而善良的人。

这样，鲁迅离我们就更近了。你说对吗？

到埋着小绿棒的山谷去

时　　间：2001 年 8 月 23 日
地　　点：编辑部
采访对象：韩静　苗苗

　　韩静和苗苗是初一的学生，她们两个都是市级的三好学生，那可是名副其实的。有一天，韩静给我的邮箱寄来了一封信，说要与人讨论一下"学习和做人哪一个更重要"的问题，之后我们约好一起来到编辑部，跟她一起来的这个叫苗苗的同学也有话要说。

　　一看见这两个女孩子，就断定她们属于那种老师满意、家长放心的孩子。学习努力，成绩优异，每次考试，总是名列前茅，不是你第一，就是我第二。我想，像她们这样的孩子，应该是自信、快乐的。看得出她们确实自信，尤其谈到学习，一副轻松的样子。但是，我发现，她们似乎并没有把优异的学习成绩当作多么令人快乐的事情，我还发现，她的眼里，偶或流露出近乎忧郁的东西。

　　我小心翼翼地问她："你们在班里学习好，感觉一定很好吧？"

　　韩静说："也不一定。"

　　我问她："为什么呢？学生的主要任务不就是学习吗？"

　　苗苗说："如果大家只为了把自己的学习搞好，只想着考试排名次的事，真的没有意思。"

　　韩静接着告诉我，她所在的班里，都是全年级学习最好的学生，是从全市 2000 多名考生中考取的尖子班。许多同学学习的动力，就是超过别人，名次排在别人的前面，为了达到这样的目的，当一个同学有了疑难问题时，向他们寻求帮助的时候，他们总是推脱说自己也不会，也没弄懂；他们的学习资料和工具书，也从不借给别人。而且，有的人还虚荣得要命，为了让人家说他聪明，在大家都学习的时候，他玩，当大家都玩的时候，他找个僻静地方学习，给人的印象是，他并不怎么学，成绩却比那些埋头苦学的同学还要好。

我说："班级是个集体，每一个同学都要关心这里的一切，爱这个集体里的每一个成员。在班级里存在着两种关系，一个是学生和老师之间的关系，另一个就是同学与同学之间的关系。而道德在很大程度上是处理这两种关系的关键。你说班上的同学只顾自己不关心别人，这是自私和狭隘的表现，尽管学习好了，也不能说明他的人格是健全的。你说呢?"

韩静点点头说："如果学习就是为了考个好成绩，那还有什么意思。学习没有让人变得更好，反而显得自私，那学习成绩好就没有意义。"从她的表情上，我也看得出，这种学优品差的现象，确实让她深感困惑。很显然，她是个有思想有个性的孩子。

老实说，我们的教育确实存在过于功利的问题。无论学校，还是家长，只抓孩子的学习成绩，而忽略了对孩子的精神成长的关怀和教育。于是，我们的教育培养了许多有知识的无知者。"有知识"，是说其掌握了一定的外在知识，说其"无知"，是因为他们对于幸福对于美好的东西，没有感觉到缺乏。他们的心中只有自己，没有别人，只有对物质享受的追求，而没有对价值世界的向往。而正常的教育，其实不仅需要让学生学到文化知识，更重要的是培养学生健全的人格和美好的心灵。应该让学生知道区分真和假、善和恶、美与丑的标准，而且知道，如何依据这样的目标来确定自己的生活坐标。换句话说，要让他们知道如何做一个有益于社会、有益于人类的人，而不只是知识的容器。有知而又无知、富有而又贫穷、高贵而又卑贱，已经构成了许多人的人格分裂图景，而这固然与我们的社会和体制有关，但也不能说与我们的缺乏精神指向的功利化教育模式没有关联，学校的事业，首先与人的灵魂有关，与人对幸福的知识美好想象有关。

我自然不能对小静发这样抽象的感慨。她毕竟还是一个初中一年级的孩子，她能意识到教育的弊端已经不容易了，于是我给她讲了托尔斯泰的小绿棒的故事。

托尔斯泰的大哥尼古拉，向他的弟弟们讲了一个"秘密"：只要公开了，所有的人都会幸福再没有疾病，没有忧虑，没有人会生别人的气，一切人都彼此相爱，并且大家都会变成'蚂蚁同胞'了。……我们甚至组织了一个'蚂蚁同胞'的游戏，这就是坐在椅子的下面，用箱子把我们遮起来，用围巾围起，再一个挨紧一个，这样在黑暗中摸索。……他教给我们的"蚂蚁同胞"的亲善，可是没有说出主要的秘密。……使所有的人都不再遭受不幸，不再争吵生气，并且永远幸福存在的方法……他说他把这个秘密定在一根绿色的丫枝上，埋在某一个深谷边沿的路上。"（艾尔默·莫德：《托尔斯泰传》第一卷，北京十月文艺出版社，1984年版，第17页）

这个关于"秘密"的故事，影响了托尔斯泰的一生。在他70岁以后，他这样写道："关于'蚂蚁同胞'亲爱地彼此相依的这种现象我一直没有改变过，不过现在不是在两把用围巾遮起的靠手椅下面，而是全人类互相依傍在广阔的苍空之下。我当时相信有一根绿色的小丫枝，上面写着毁灭人类一切的罪恶的给予他们普遍福利的方法，我现在同样地相信这种真理是存在的，并会显示给人类，把它所允许的一切给予他们。"（同前，第18页）这个故事给了托尔斯泰关于幸福的正确观念，让他终生不渝地追求那种超越于个人利害之上的真正的幸福。1905年，他在一篇题为《小绿棒》的文章中表达了自己对"幸福"的理解："……最终的目的我不能知道，因为它隐没在无限之中，但我能够知道达到它的方法。那构成我的生命之本质的对幸福的渴望本身就是达到它的方法，但这幸福不是我个人的，而是整个世界的。我可以接近的目的就是整个世界的幸福，我对幸福的渴望仅仅是一种指示，它向我指引我应该为世界寻找什么。"（《托尔斯泰文集》，第十卷，人民文学出版社，1989年版，第518页）

人固然应该对自己的个体生命负责，但人不能仅仅只想着自己，人活在人群中，活在人类社会里，因此，一个人的价值，他的生活的意义，从根本上讲，来源于他为自己所生活于其中的社会做了多少有益的工作。真正强烈的幸福感，总是与他的精神和道德自觉联系在一起。在一个功利主义时代，这种生活理念和幸福理念，正面临着威胁。人的生活空间变得越来越狭小。人只看见自己。这样的人生，即便不是悲剧，也没有什么幸福可言。让我们的孩子走出应试教育的低矮小屋，走到蓝天下，走进阳光里，到埋着小绿棒的山谷里寻找那个能给所有人来幸福和快乐的"绿色的小丫枝"。

苗苗说："朱老师，您讲的这个寻找'小绿棒'的故事，我一定讲给班上的同学，让我们的班集体建立一种温暖的、有人情味的关系。这样我们学习起来就会轻松、愉快。谢谢您。"

让希望充满阳光。

几日之后，苗苗又给我的信箱寄来一封信，她说："在班上，我提倡了一帮一的活动，使有些同学的学习有很大进步，学习好了，心情好，班级气氛也好了，大家都在寻找着那个'小绿棒'。真谢谢您朱老师。"

恼人的季节

谈 "性" 色变何时了

时　　间：2001 年 9 月 1 日
地　　点：初二四班
采访对象：张雪　孙群力　朱佳

　　新学期开始，性教育课正式被列入 H 市中学教学计划。近日从市教委获悉，作为写入教学大纲中的正式课程，市教委规定初中高年级和高中学校都要开展性教育课，保证每学期至少组织三次性教育讲座及系列性知识展览。

　　据教育专家介绍，谈性色变一直是 H 市性教育的误区，一些学校连生理卫生和青春期知识教育的课程都没有开齐，甚至干脆砍掉。家长也一直小心翼翼对孩子回避 "性" 这个字眼。

　　专家认为，以往的生理卫生和青春期教育不能取代性教育课，且此类课程已不适应当前学生的生理、心理需求和社会发展需要。

　　在第九十中学初二（4）班的性教育课上，我看到了一本由美国专家参与编写的教材，内容大体上包括青春期健康、性与性行为、人际关系、生殖与避孕、预防性并预防艾滋病和远离毒品等。

　　这本教才对中学生来说可能是全新的内容，它将改变传统的老师讲学生听的方式，实行全新的授课方式，教师以主持人的形象出现，采用师生相互探讨研究的方式授课。那么学生的反映如何呢？我采访了几个同学，让我们听听他们是怎么认识的。

　　全班共计 52 人，只有极少数的同学知道青春期及第二性征期，大多数同学对性这个 "词" 羞于启齿。多数人不关心自己的身体变化，有部分男生急于了解自己发育及性冲动是怎么回事。在调查是否做过性梦这个问题时，百分之八十的同学都说有过，但却不知道那种梦叫"性梦"。

张雪就是受性梦的干扰而情绪不高的中学生。

正是发育期的女孩子看上去宛如含苞待放的花一样可爱，张雪个子很高，皮肤白得晶莹剔透。当我问张雪对自己的身体了解多少时，她害羞极了，脸红得不能再红，我问她来月经了吗？她又是害羞地点点头。

我努力使她放松，我说："张雪你已经是初二的学生了，你已经进入了青春期，这时的你对自己的身体应该有进一步的了解，这对你的身心健康都有好处，你正在发育期，这或多或少都会对你在成长过程中的情绪有影响，如果不了解自己的自然情况，会造成情绪和心理上的紧张，在学习上也就会有压力。男生和女生在发育期的表现还不一样，女孩子会更明显些。

"比如说月经初潮、乳房隆起等，这些都会让你感到难为情。是不是？"

张雪还是很不好意思讲她自己，她说："上初中以后，我妈妈常常告诉我，女孩子对男孩子不能过分地亲近，否则就会变坏。为什么就能变坏呢？我看我们班上的男同学品质都不错，没有太坏的。有时我们放学一起走，还有同学送我回家，我倒挺高兴的，感觉也特别好。"

张雪还真是个简单的女孩子，她竟然完全忘记了开始时害羞的样子。

她说："我最近情绪不好，总以为自己变成了坏孩子。我每天放学都和小 B 一起走，和他在一起，我很开心。我最近总爱做梦，梦里的感觉好极了，我经常梦见小 B（张雪诡秘地笑了一下，偷偷地说，他是我们班上的白马王子），我梦见我们放学时一起走，他还拉着我的手，我的身体像过电一样，后来他竟然吻了我。顿时我的周身一阵颤栗，这时我不自觉地就会去摸我的乳房，然后我就会从梦中醒来。"

张雪说到这里竟低下了头，她继续说："从此，每天上学，在班上我就不敢看小 B，害怕与他的眼神相撞，上课也总是分心走神，我更害怕老师和同学看出我出了什么毛病。朱老师，你告诉我，我是不是变成了一个坏女孩儿了？我应该怎么办呢？"

我对张雪说："你不是坏女孩，你的一切表现都非常正常。你已经开始有了性意识，你做的梦也叫"性梦'，而性梦，在我们中国的文化中至今还是个又羞又怕的话题。少男少女在性梦中的情景大多都是拥抱、亲吻、性交等行为，并伴随有高潮的到来，男孩子容易遗精。而梦醒之后却感到万分的惶恐、内疚、烦恼，羞于见人，甚至有犯罪感。如果不能正确对待，对你的身心健康和学习以及对以后的性观念都有影响。"

的确，应该让中学生们正确认识性，不要谈性色变。包括学校及家庭，一提到"性"这个字，就像踏入了地雷区。而少男少女进入青春期后，体内大量分泌性激素，生理和心理急剧发展，性欲开始产生，与异性交朋友和接触的欲望普遍增强，喜欢在异性面前显示自己的体态、相貌，希望博得异性的好感。

心理学家把这称为"对异性憧憬时期"。希望中学生们不要把做"性梦"看成是思想肮脏或道德败坏，这是正常的生理和心理发展导致的现象，是不由人控制的，是下意识的，所以不应该与道德和品行相提并论。

孙群力则是另一种类型的孩子。在男生中他属小个子之列，平时不爱讲话，也不愿意参与各项活动，特别是体育方面的活动。他主动来找我，并且说只相信我一个人，他视我为心理医生。看样子能得到他的信任还真不容易。

他说："这一年来，他总想找医生看病，又不敢去，几次想跟妈妈说，但觉得不合适。"孙群力接着说："刚上初一时，学校开设了生理卫生课，教师讲到了男性生殖器时，我看到书上的男性人体的生殖器那么大，我心里很恐慌，而我自己的却又太小了，每次去浴池洗澡时看见别人的生殖器也都很大，我就开始怀疑自己有病，于是我开始苦恼，觉得自己成不了一个真正的男子汉，特别是在女生面前抬不起头。同学们都说我说话的声音像女孩子，这更让我难过。朱阿姨，你说我应该吃点什么药才能消除这些症状呢？才能使我的男性特征跟别人一样呢？"

我笑着拍拍孙群力的头说："谢谢你信任我，我告诉你，你才是一个真正的男子汉呢，因为你能把心中的苦恼讲出来，这证明已经战胜和超越了自己。你百分之百没有任何毛病。发育期间的情况对每个人都不一样，有的早一点，有的晚一点，你的错误就犯在你自己的参照标准太高了，你看到的都是成年人，最多的是在你父亲的影响下成长，所以你不满足自己的身体。从小男孩到男子汉需要一个过程，这就是第二性征，也是男孩子走向成熟的开始。在青春期时一定要放松情绪，男子汉最应该具备的品格是放宽心胸，让青春的信息自然地体现在自己身上，你说，这该有多好！"

我又对孙群力说："你的父母是你的启蒙老师，有什么话可直接对他们说，父母不可能把全部的性知识系统地讲给你，但是当你遇到麻烦时，他们绝不会回避，要相信他们。"

孙群力听我这样说完之后，心情显然好了起来。他说不会再因为成长的烦恼而忧郁。

朱佳是个内向的女孩子，她一直在一旁等其他人问完，才慢慢地走过来，她小声地问我："朱老师，听说女孩子来月经之后就不长个子，这说法对吗？我希望能再长高一些，我是上个月才来月经的，我十分害怕就此不长，因为我要当演员。"

我拉着朱佳的手："你真是可爱的孩子，我告诉你，人在发育过程中，身体的增长时快时慢。女孩子月经初潮后身高的增长并没停止，月经初潮意味着青春期的开始，并不意味着发育期的结束。适当增加体育运动对增高会有好处，每天做一点体育运动，要比整天担心长不高会有好处。"朱佳点着头笑了。

的确，性的问题，是一个非常值得重视的话题。对于中学生来说，他们对性的理解程度是不够深的。他们只是从电视或录像片中看到一些不健康的内容。现在的电视通常还总是展现随意发生的性关系，大多都是婚外性生活，这对正在成长的青春期的中学生来说是非常不好的，还有一些广告产品不断地吹嘘着某种药"能使人的生活更美好"，在电视中不断地播放。这对正成长的孩子们是一种心理虐待。

现在的孩子们从很小就陷身于一个将他们湮没于各种性信息和性图像之下的文化之中，而他们还没有成熟到能够正确评价这些性信息的阶段。这种文化，给中学生造成过度性的刺激，将性与道德价值观过度分开，并最终剥夺了孩子们以一种健康而道德的方式达到性成熟的机会。

中学生朋友们，记住，青春是美丽的，生活更是美好的，在你成长的过程中，你会遇到种种迷茫、烦恼和困惑，你的难题是通过知识认自己、把握自己、战胜自己、超越自己。

初恋的故事

时　　间：2001 年 9 月 29 日

地　　点：zhujing@ public. cc. jl. cn

来信人：高三男孩　雪儿　莹莹

下面的三名同学是我在通信中结识的，他们各自抒发着自己初恋的情怀，不能说这些少男少女盲目追求爱。

歌德说："哪个少女不钟情？哪个少女不怀春？"当他们青春期到来的时候，少男少女不知不觉中会对异性产生好感。两性间的吸引在悄悄地萌生，他们渴望揭开异性的面纱，真实地了解异性。

初恋是人生中美好的记忆。人们常说：初恋是粒春天的种子，不知会在哪一天悄悄地落在你的心里……

有的人经过初恋而变得成熟，而更多的人所感受到的初恋并没有给他们的人生留下多少痕迹。在此我可以断言，在中学校园里，的确会有爱情的存在，但那绝不会是爱情之树，最多可算作是一粒爱情的种子。

种子或许会发芽，但它需要阳光和雨露，需要土壤和温度，而这一切在中学校园是无法得到的。

既然如此，我们不妨把这粒种子深埋在心里，让种子等待春天的到来。

我们一起看看下面的几个同学是怎么说的。

高三那年，我们初恋

高三男孩

这是一个高三男孩写来的信。

朱老师：

你好。

我好像是恋爱了。说不出的一种感觉，每天脑子总是出现她——叶梅。我和她共同度过了六年的初中和高中生活，我觉得这在人生中算是缘分吧。

可我注意到她还是在高三的第一学期。但细想起来，我对她还是了解的，我能细细地为她画上一张素描。

叶梅是我们班上女孩中最具个性，最有气质的。她不但外表长得美丽，更重要的是：她有一颗善良的心。她的嗓音很甜美，平时她爱唱歌，她的歌声就像百灵鸟一样，从她嘴里吐出的话语，与空气融为一体，甚是和谐。她就是那样的美丽，她属于世界，属于大自然。总之，一切好的词都可以拿来形容她。

她的性格是温柔的，但用"温柔"来形容她，似乎加重了点女人味，其实，这个"温柔"是指她大多时间里是文静的，那就是说她还有一部分是属于疯狂的那一种，她的风趣幽默，时常搞笑做秀，时常讥讽调侃，已成为她独特的个性的一个侧面。

在她透明的心里面，有一个角落，在那里停放着她善良的故事和美丽动人的传说。

她曾在作文中写道"在她透明的眼睛里面，有一片湖泊，在那里沉浸着她的喜悦与伤感，忧郁与欢乐。在那片湖泊的水面上没有泛起的涟漪，也没有什么颜色。"

的确，叶梅的眼睛是那么纯净、有神，她的眼睛会说话，你若盯住一直看下去的话，似乎她的眼睛就是一片汪洋大海，那里面又是真的蕴藏着一些美丽的故事，让你遐思不尽。

叶梅在上课回答问题时总是喜欢扑闪扑闪地眨着她那双有神的眼睛，长长的睫毛又传递着无尽的猜测和思考。

当她静静地思考问题时，又总喜欢闭上眼睛，那种神秘让人琢磨不透。我在猜测，她心中的"白马王子"会是我吗？我的才情能否赢得她的芳心呢？

我做梦了，一个让我喘不过气的梦。

梦中她告诉我：她是在一个美丽的夏季在学校的操场上邂逅了一位很帅气的又非常有才气的男生，而这位男生也钟情于她好久了，从此两人经常在一起背诗、读书。她说与他在一起的感觉真好。

于是他们去登香山，他采摘香山的红叶挽成花环，戴在她的头上，她美得像个天使。她永远属于幸福。

她等待着他说出：我爱你。

这个梦我已做了多次，每一次都让我喘不过气，有好几次我都想鼓足勇气跟她说"我爱你。"结果还是没有勇气说出，我不知道我梦中和她在一起的那个男孩是我吗？也许是别人。

梦中的男孩就是我。

不会是别人，那就是我。我要以我的才情和男人的魅力去征服她。

因此，我决定暂时放下我的初恋爱情，我努力学习。此后我的成绩在直线上升。这时我倒想起了徐志摩的诗：

轻轻的我走了，
　　正如我轻轻的来；
我轻轻的招手，
　　作别西天的云彩。

那河畔的金柳，
　　是夕阳中的新娘；

波光里的艳影,

在我的心头荡漾。

软泥上的青荇,

油油的在水底招摇;

在康河的柔波里,

我甘心做一条水草!

······

爱情是美好的,如果你能理性地对待它;爱情是可怕的,如果你过早陷入其中不能自拔。这最后两句是我的诗。

在网上遭遇爱情

雪 儿

这是一个化名雪儿的女孩子写来的信,它就像白白的雪花一样飘到我的信箱里。一会儿的时间就融化了,这也许就跟网上的爱情一样。

朱老师:

您好。

我叫雪儿,今年上初一。

我是一个很平常不过的女孩子,迷上网吧是在暑期。其实我只是网吧里一个平常的过客。

但是,在网吧里我恋爱了。

人生就是这样充满着戏剧性,我接触了网络,也就无法避免地陷入其中,那份美丽的网上谎言让我模糊地忘了回家的路。

在暑假的时间里,我的生活乏得不带一丝色彩,妈妈整天让我看书学习。

那一天,天下着小雨,窗外的街灯昏黄而冷清,我经不住同学姚瑶的"软硬兼施",陪着她去了那个叫"远航"的网吧,建立自己的E—mail,然后就顺便找了几个好友聊聊,当时我觉得实在无聊,根本不像同学们说的那样充满刺激和充满传奇的色彩。

以后的日子里我还是来过几次,有时查一些英语单词,有时查一些历史资料。偶尔也查查E—mail,日子在不经意间悄悄地流逝。

我对网吧产生强烈兴趣的原因,是由于松树(化名)的到来。

松树的到来如徐志摩笔下的云彩,来时不带一丝声息,犹如鸟儿飞过后的天空。在与他聊天中,我感觉到松树的人也像他的名字一样没有一丝张扬,也没有风花雪月的流露,给人的感觉只有孤傲冷峻。我和松树聊天时再也没有了那种漫不经心,却多了那么一点点柔柔的感觉,只有在这时,我才觉得生活像一部电影,而我和松树却成为了主角,一个每人都倾心想扮演的主角。

我发现我已经爱上了松树,爱得那样一发而不可收。

每天盼着他来到我们的单独"房间",我们坐在自己设计的月光草坪上看月亮,一起遥望着繁星点缀的夜空,听它们讲述天上人间古老的爱情神话,我们猜着哪一颗星星是我们……

整个假期,我和松树是那样深深地相恋着。我们共同订下了一个约定,就是我们只在网络中相恋,在网络中好好地经营,呵护这段美丽的恋情,不要现实!

在以后的日子里我们真是那样完美地相恋,享受着彼此给予的那份永恒的感动。

假期就要过去,我们都知道,我们的爱情也将要结束。这一天,天阴沉沉的,雨不知疲惫地下着,有如我那时的心情。

我突发奇想,有了想见见松树的冲动。我发出邀请,松树无法拒绝,于是我们定好了时间、地点。

带着满腔的虔诚和一颗惶恐的心来到约定好的地点,然而好久好久松树却没能出现。夜已好深好深,路灯映着我消瘦的身影,偶尔有一片秋天的叶子缓地飘落,带着秋天雨水,轻轻地刮过我的脸庞……

再打开E—mail时,只有松树留下的一段话"生活或许就是这样美丽,那天晚上我在远处看见了你,你却是我每天都见的同学,你是那样的可爱而美丽。

　　不要猜我是谁，更不必知道我是谁

　　我们永远是爱情中的雪儿和松树。"

　　我哭了，哭得那样幸福。

　　愿松树在我的生命里永恒存在。

我爱杨晨

莹　莹

　　这是一个初二女孩子的网上来信，她直言不讳说出了喜欢杨晨的 N 个理由，并说如果有可能，她要嫁给他，她是完全的现代式的爱情，一个 14 岁的女孩子难道就这样对待那神圣的爱情吗？

　　我们来读一下莹莹的来信。

朱老师：

　　您好。

　　我叫莹莹，14 岁，初中二年级。

　　我的初恋是在足球场上，那是因为杨晨。

　　喜欢杨晨，忘了是从什么时候开始的。

　　当我对甲 A 还抱有好感的时候，在记忆里能依稀留下印象的就是杨晨。

　　他是一个板凳队员，又是一个容易受伤的男人。我至今仍然记得，替补上场的他从中场带球，以可怕的启动速度，带球至大禁区发球弧附近，连球门也不看，拔脚怒射，皮球擦着球门的立柱飞进了网窝，对方的门将只来得及与立柱拥抱。

　　这些话我也是听那个叫黄健翔的人解说的。不然我怎么会说得这样专业呢？

　　杨晨才是惟一让我感动的中国男人。

濮存昕算什么酷，一副奶油小生的相，班上还有好几个女生喜欢他，没劲。

由于杨晨，我开始喜欢足球，确切地说喜欢有杨晨上场的球赛，于是我开始关注国安，而不是我所在城市的亚泰。可是，他一直都不得志。我能在球场上看到他的机会越来越少。在他离开中国之前，我都没有机会看清他的脸。

杨晨去了德国，我以为会失去他的消息。

可是我错了，全国媒体的重心都转移到了他的身上。终于我能看清他的脸了，那是一张多么生动的面庞，是西方的雕塑美和东方柔美细致的线条美的完美结合。大大的眼睛，他小时候一定很可爱，也很调皮。我知道我是1000%地爱上他了，如果我认识他，如果他能喜欢我，我一定非他不嫁。

告诉你们，我要嫁给杨晨有 N 个理由：

一、他够高度。1.86米在中国男人里可算是鹤立鸡群了吧？

二、他够苗条。他很会保养自己的身型。我猜测他永远都不会发福，即使在中年以后。

三、他酷毙了。我觉得电影里那些奶油小生根本就不能和他相提并论，他的帅，有一种逼人的气息。

四、他是里程碑。他的事业，和很多男人的事业不一样。他是中国球员出国踢球的一个里程碑，他不是最好的，以后还会有很多的球员超越他，但他一定是不会被人们遗忘的，永远都不会。

五、他笑的样子很灿烂。从一个男人的笑，能看出他的内心。杨晨的笑，很特别，很少有男人的笑能给我一种很阳光的感觉。但是杨晨不但让我感觉很灿烂，而且很温柔，他的心一定很柔软。嫁给这样的男人，才会被他用心疼爱。

六、他很孝顺。从媒体得知他对他的父母很好，我很欣赏这样的男人。一个连父母都不放在心上的男人，真的会把一个女人放在心上吗？

七、他不善言辞，有时甚至给人以木讷的感觉。这也是一个很好的优点。最重要的是，一个巧舌如簧的男人给人的感觉是非常的不可信任。还有，他这样，嫁给他的女孩子才会放心他不会花心。

八、他很健康。这点也非常的重要。

九、他说话的声音非常性感。我真的很喜欢听他的声音，那种真正男人应有的声音。

十、他会给你讲很多有趣而且鲜为人知的事情，如果你成为他的妻子。这些事情，他一定不会对媒体说。他在外国这几年的酸甜苦辣，只有他的妻子才可能知道全部。如果我能嫁给他多好啊！

十一、他的很多优秀的遗传对后代一定很好。

十二、他很有内涵。他的内涵来源于他经历了这么多的磨难。

十三、他很有气质。这是可意会不可言传的。

十四、他身上的永远足球气息。

十五、他能告诉你很多关于足球的事情。

十六、他会是儿子的启蒙教练，而且是免费的哟。

说了这么多理由，我才发现我犯了一个大错误，如果很多女球迷知道我的心思，这不是给我增加了很多竞争对手吗？

这一次亚洲十强赛中他的表现可真好，让我着实看个够。如果杨晨能送给我一张签名照该多好。

哎，只是说如果有机会而已。

但我真的爱上了杨晨。

早开的花朵

时　　间：11 月
地　　点：zhujing@ public. cc. jl. cn
采访对象：王小玉

　　打开我的电子信箱，一个 17 岁的女孩子的来信一下子就把我的情绪打乱了。

　　这两天我也是因为同样的问题在与我的儿子打"冷战"。看了这个女孩子的来信，我觉得她讲诉的是她自己的故事，但是这样的事情在每一个家庭都曾经发生或正在进行着。我经过这个女孩子的同意，她愿意将这封信呈现给所有的家长。

　　她叫王小玉（化名），高中二年级。

朱老师：

　　您好。

　　在报纸上看到您的文章，您说要与我们中学生聊天，而且是要我们实话实说，您不知道，我们心中有好多话要说，可是跟谁说去呢，谁又能理解我们呢？所以我背着我的妈妈给您写了这封信。

　　我今年 17 岁，高中二年级。人家说我这是花季雨季的年龄。可是，我却时常感到痛苦和压抑。是精神上的。我们不但拥有着美丽的"青春"，还拥有更美丽的"青春期"呢。

　　我觉得青春期很美好也很幸福。恰恰就是因为这个"青春期"的话题，我和我妈妈的矛盾和仇恨越来越深。妈妈老是用她那时的"青春期"观念和知识来教育我，妈妈说她把她的整个青春都献给祖国，献给了广阔的天地。那是"战斗的青春"、"战火中的青春"。

我说她可笑幼稚。于是我们开始了争吵。

我觉得青春期是形成自我意识和自我形象的时期，这就包括在父母、朋友、家里、学校里面的我，当然也包括在异性面前的我。是一个把所有的"我"融合起来，形成自我的时期，不然我怎么会长大成人呢？

最可恨的是，我妈妈说我半懂不懂，她时时对我充满着警惕，妈妈说我正是情窦初开之时，是肯定把握不住自己的。在学校里我是好学生，我的性格活泼爱动，与男生交往从不顾忌什么。男同学给我打电话的也有。每每这时，妈妈就会说："这又是一个正在变嗓阶段的小男孩。"而且妈妈总是问个没完，什么"贵姓？叫什么？有什么事？"之类的。

朱老师，妈妈做的这些事，你说让我在同学中多没面子。妈妈还是大学老师！她还整天给别人家的孩子讲大道理，让我说她什么好呢？我说让她尊重我的隐私及人权，妈妈竟然还嘲笑我。当然我也有对付她的办法，那以后，只要家里的电话一响，我就以百米冲刺的速度奔向电话，以抢占主动权。

又后来，我就在我的房间安了一个分机电话，到最后，我又把这条分机电话线与主机电话线调了个包，只要电话一响，她那一边听不见，从此还真的少了一些盘问。对付大人们的绝招我多得是。

其实和妈妈的关系这么紧张，都是她神经质，她总是怕我早恋影响学习。感情这事你是管不住的，就让它自然地来自然地去，我又不是小姑娘，你就给我一片天空，还能怎么着呢？一段时间妈妈对我警惕有所放松，我的心里倒是开始紧张。因为我喜欢上了我们班上男生 W，他长得特像大明星梁朝伟。W 不像其他的男生那样轻佻，他学习总是班里前几名，我在心里与他比赛着。我们心照不宣。在我过 17 岁生日的时候，W 竟然偷偷地送了一个"心"字形的贺卡，他说希望我们一起考上好大学。我们彼此山盟海誓。事情没过多久，W 同学随着调动工作的父母去了北京读书。于是我们就书信往来，相互鼓励着学习着。

事情终于败露了。这些文字美极了，这是我自己的亲身感受。妈妈又一次采取了"侵犯人权的大搜查"。妈妈的表现你们是可想而知的。这时的我已经听不进任何人的劝告。我们就这样对峙着好久好久。看着妈妈一个人经常偷偷地流泪，我心里也不好受。但是我有错吗？我都 17 岁了！有一天早晨，我醒来的时候，就看到了纸条上妈妈写的一句话职业和爱好要分清，爱情和友谊要分清，在这两点上分不清，将来会吃大亏。我觉得妈妈说得完全正确，这个理我也懂，可是感情这闸门是关不住了呀。

朱老师，我把您当作朋友，您说我该怎么办？其实我也不要您必须回答，我只是需要倾诉而已。

说实话，读完小玉的信之后，我有些拿不准该怎么跟小玉说。谈情说爱，对于一个高二的学生来说是太早了点。面对孩子这份早来的"爱情"究竟如何处理这是很棘手的事情。我想起了《孔雀东南飞》中的焦母，《梁山伯与祝英台》中的祝父，想起了更多古往今来的把相爱的情侣拆散的父母们，突然间，我真是对这些孩子们多了一份理解和同情。可怜天下父母心，未必孩子们没有道理，就全都是错的。

帮助孩子树立正确的恋爱观是当前家长们的一项很重要的工作，要让孩子知道，男女之爱，不仅不是人生全部，也不是人生的第一位，要让他们知道，人生是最短暂最珍贵的，让他们知道青春时代应该怎样度过才有意义。

越是美好的东西，越要小心翼翼地对待它。过早采摘的果实是酸涩的，过早的恋爱也大多是冲动而缺乏爱的真正内涵，缺乏对爱的深刻理解与成熟的人生经验的。因而，沉溺其中往往是危险的，其结果留给你的只有懊悔和自责。

早开的花朵，是不会结出果实的，它只有美丽和芳香。

我曾找过小玉的妈妈，她在心理上理解小玉的，但是为了不影响小玉的学习，她说必须把小玉的爱扼杀在摇篮里。她说她收走了小玉的日记，待小玉考上大学之后她会还她的。我同意小玉妈妈的做法，小玉，你说呢？

教学聚焦

是复读，还是升学？

时　　间：2001 年 9 月 6 日

地　　点：某复读班

采访对象：周佳佳　李坪　杨林彬

　　时下，弃学复读作为一种异常现象，应该引起人们的关注。

　　在某学校的复读班中，有的考生今年考分已过 610 分。全班 40 多人的高考分数，都超过本科录取线，只有少数的几人只是过了专科分数线。这学生的心理状态不一，有的是为了上名牌学校，有的是为了上好的专业，有的同学是迫不得已，听家长的话进来的。

　　是上大学还是选择复读？复读一年到底好不好呢？这其中的希望和风险的比例谁能预测？考生们正面临着艰难的选择。

　　今天，是复读班开学的日子，我来到这个复读班，采访了周佳佳、李坪、杨林彬三位同学。

　　当我见到原师大附中的应届生周佳佳时，她是那么自信而乐观，她告诉我她在今年的高考中，得了 607 分，这个成绩要比她平时测验的成绩低 30 分左右，在填报自愿时周佳佳只报了北京师范大学生物化学系，并在报考志愿栏上写着：不服从分配。她只有这一个选择。可是，当周佳佳得知自己这次考得不是很理想时，把自己关在房子里大哭了一场，随后就报了复读班。她说："这一次是我自己把自己打败了，怪不得任何人，我相信我的能力，我要来一个第二次起跑。"

　　她的眼神显示了她的自信，她还说："等我的同学们都考取大学快走的时候，我请几个要好的同学吃顿饭，送送他们，我真心地祝贺他们的成功，也表明我已经战胜了自己，给他们看看，然后我将投入到我的学习中去。胜败平常心嘛。"

这个 18 岁的女孩子，能做到如此平心静气地看待胜与败，真有些让我吃惊。在整个假期，她都快乐地看书、学习，还写了一些诗歌。

听完周佳佳的故事后，我并不赞成她的这一做法，我告诉她成功的路有很多条，名牌大学固然好，可是一味地追求那些是否值得呢？这365 天中谁知道会发生什么，也许你去了一个普通的大学，在这一年的学习中，你会收获更多的新知识，你会在学业上获得在高中时想都没想过的成绩。

二中的李坪同学考了 543 分，他报考了上海华东师大中文系，可是这个成绩离要求差得远呢，没过华东师大录取线。而他平时的成绩一向在班上是前 10 名，本来考名校不在话下，可是因为这次考试没发挥好，无缘上华东师大。看到平时和他成绩差不多或者不如他的同学都能进名牌学校，他咽不下这口气，决定复读一年。考分出来后李坪曾给我打过电话，说虽然分数已经超过本科的录取线，但是没有达到理想的分数，要再复读一年，明年一定考取好学校。

这个男孩子身上有一股犟劲，他是"咽"不下这口气才复读的，你在跟谁治气呀？适者生存，优胜劣汰，这既是大自然的法则，又是人类社会发展的定律。

我不得不告诉你，竞争是残酷的，它有着严峻的外表和坚硬的利刃，自然挥舞着它向人类索取平衡的发展，而你却要不断地去抗争。考场如战场，公平竞争，共同进步已成我们内心的法则和不断追求的目标。你必须承认竞争的存在，也许你认为你的同学高考成绩比你好，你就感到难过。人的一生无法逃避生活和竞争，那只好学会正视它，正确对待它，学会把握竞争带来的机遇，学会调整在竞争中容易形成的不良心态，记住：生活永远是属于强者的，它永远为强者奏响胜利的凯歌。

带着以上两名同学的例子，我咨询了有关专家，专家认为，对于将来上什么大学，不少高中生内心设定的目标过于单一，这也是他们高考后心态失衡的症结所在。这些考生应该从现在起就调整理想的"坐标"，除了北大这个"最高纲领"外，还应该有"最低纲领"。非某大学不读，无异于自己架设独木桥，给心理带来很大负担，这口气，该咽还得咽下。

什么样的人更适合复读呢？

我在咨询走访中得知：对于高分段的考生，成绩不理想，没有考入理想大学，根据家里的经济条件，和自己心理所承受的精神压力，估计再奋斗一年是可以考上理想的大学；对于低分段的学生，如果有坚定的信念，经过复读也会有一个大的提高的。实验中学的杨林彬同学今年的高考成绩是 387 分，能上专科线，家里人希望他今年就先上大专。因为家里并不富裕。

他却执意要复读，父母想到他才 18 岁，将来考上大专再续本科也不容易，并且也不少花钱，要复读就复读吧，只要孩子认准的事，家里应理解他并且大力支持他。

长春市某中学高晶晶考分不高，望女成凤的父母硬把她送进复读班，高晶晶复读很被动，家里把钱都交了，不来又不行，只好硬着头皮去复读了。这样的考生，家长要做好考生的思想工作，让她把复读看作一次再学习的机会。

专家们说，复读，要选好学校，复读生尽量选择正规、师资力量雄厚的学校。有的民办学校稳定性不强，有时办到一半就撑不下去了，会给复读生带来不可挽回的影响。在家自学参加高考的在目前似乎不是一种理想的选择，即使请了家教，家教的准备也是不充分的。学生是没有自我控制力的，他还没有达到自觉学习的程度，他要找好一点的学校，和大家一起来学。

专家们还说，复读有风险，考题年年在变，是最大的风险。据说明年复读生的风险更大，因为要实行近 20 年来的第一次单独命题，没有现成的经验可循。题的难易程度、各种能力的测试力度，恐怕再有经验的辅导老师也难以预测。复读生的心理压力大，是难以避免的风险。

几乎每个复读生都希望明年考得更好，尤其是高分生，对分数的期望值更高。这种高压力容易导致考试发挥失常。东北师大附中一位老师说："高分考生上升的空间较小，复读后成绩反而下降的大有人在。有学不上，多半是为了再努力一年上个理想大学。然而实际的情况如何呢？近一半复读生一年后基本在原地打转。还有少数考生头一年在分数线上，复读一年反而在分数线下了。

另外与上了大学的同学比，当复读生再枯燥地重复着高三课程时，大一新生已在接触前沿科技。如今的世界瞬息万变，可能因为落伍一年，一步跟不上而步步跟不上。一些教育专家建议：考生选择复读一定要慎重，能上大学的就去上。现在高校扩招，读大学比以前容易了。虽然预科花钱多，但对考生的心理产生积极的影响，将来可以直升本科；选名校不如选好专业，上一般大学的好专业，不见得比上名校的普通专业差，也不见得就业前景就不好。在终生学习、终生教育的今天，大学并不是学习的终点。高考成绩不理想，还可以通过日后的考研、远程教育等很多方式弥补，只要你用心去学习，同样会成就一番事业。

就在我写这篇文章的时候，我还接到了复读班的班主任老师打给我的电话，他说："班上今天又来了一位已经上了一年大学的学生，竟然退学来复读，这个学生说现在上的大学他自己也不理想，明年考个好大学。"我一时还不知道怎么跟这位同学说，只能说我们都有着美好的愿望，同时最重要的是要有一个良好的心态，衷心希望你们在第二次起跑时取得更好的成绩。

一个大学生的昨天与今天

时　　间：2001 年 9 月 30 日

地　　点：编辑部

采访对象：宋朝阳

　　宋朝阳是今年刚刚考取天津南开大学中文系的大学生，这不，她放假回来过国庆节，就兴冲冲地来找我。在她那充满青春气息的脸上，看得出她的自信。刚刚上大学一个多月的她，显得有些成熟了。她告诉我："回家的感觉可真好，刚刚开学这天，我想家想得要死，我甚至想逃学，然后就不停地给妈妈打电话，一个月打掉一百多元。"我说："刚到大学里的学生都有这样的感觉，以后就会好起来的，就不会再像这样想家了。"

　　我把话题转到中学时期学习生活上来。因为这是我一直关注的话题，我希望能从宋朝阳这里获得更多的有关中学时代生活的内容。

　　宋朝阳脸上的表情突然严肃起来，她说："朱老师，我要跟您说，我非常怀念我的高中三年，那可是极为珍贵的三年。在这里，我要告诉正在读高中的同学们，一定要珍惜高中这三年。"我没想到她对中学时代特别是高中这三年的学习生活，有这么深的情结。

　　宋朝阳深情地讲述了她自己高中这三年的感受，同时也讲述了她上大学的感受。

　　她说：高中这三年一晃就过去了，生活的目标单纯而目的性强，高中三年，正是我们成长的关键时期，会有成长的烦恼，会有学习的压力，会有嫉妒心，会有焦虑的情绪，会有爱情发生，当然也会有失恋的痛苦。而让你兴奋又恐惧的是，残酷的高考是一道高高的栏杆，你必须跨过去，才能为自己这三年的生活画一个句号。

宋朝阳继续她的讲述：在高中三年中，一个人的成长会快得像春天的竹笋一样，分分秒秒都有变化，而其中的酸甜苦辣也只有自己知道。"

记得上高一那年，我自己觉得我是恋爱了。我偷偷地爱上了我的语文老师，他是刚从师大毕业分到我们学校的，当时看他真是帅极了。

他讲起课来生动活泼又富有感染力，第一堂课就把我的心抓住了。他的谈吐、学识、气质和激情深深地感染了我并征服了我，他谈起文学来是那样痴迷，他谈了那么多的中外文学，如《日瓦格医生》、《静静的顿河》、《老人与海》，于是我偷偷找来这些书读，我被书中的情节吸引着，我渴望与他交流。可是我不敢找他，不能让他把我看成是一个轻佻的女孩子。我知道他已经在各种报刊上发表了很多文章，我也偷偷地找来剪下贴在笔记本上。然而，我知道我的想法是幼稚的，让他知道他会小看我。于是我发誓，决不能让这种情绪影响到我的学习。因此我决定把这份感受这份爱深藏心里，并发誓这一秘密只属于我自己。我报考中文系和他有直接的关系，但是现在我并不知道他在何方，他在我读高二的时候考取了博士到北京读书去了。我真心希望他幸福。

我认定了那是我的初恋，那么朦胧，那么纯粹，那么美好。

其实在高中这三年，除了学习，每一个人都会有很多值得回忆的故事，其他女孩子有的故事我都有。我曾有过自卑，看着那些优秀的同学，洋溢着自信的笑脸，总觉得自己不如人家，因此我自卑。

就在高二那一年，英语老师让我订参考书，我就带领全班的同学坚决抵制，说那是英语老师自己参与编写的书，卖给我们他挣钱，气得老师哭得眼睛通红，现在想起来觉得真对不起他，辜负了他的一片好意，老师都是为我们好，挣点钱也不容易，再说，我们买谁的书不都是买呢，不如买自己老师写的书可靠。

在高中这三年里，捣乱的事我也没少干。那种天真，幼稚的想法可能以后永远不会有了，那种天真烂漫的日子真是值得怀念。

现在我考上了大学，才知道大学跟高中完全不是一回事，这又是人生的一次起跑。我觉得在大学里要做的就是多读一些书，尝试着做一些实在的事情。

在大学里，我们会遇到很多人：我的老师，教给我们知识，也用他们的生活方式影响我的人生态度；我的学长们，用他们的成熟和知识，提供经验和启示；我的同学们，让我们在相处中学会相互激励与体谅关怀。也许还有校门口修车的师傅、街头卖水果的夫妇、回家火车上碰到的同龄人……一个人就是一个世界。那些在生活的转弯处帮助过我、影响过我的人，都将成为记忆的一部分，也成为生命的一部分。

在此，我要告诉正在读高中的同学们，在大学里允许我们做多种尝试。有些事，你不去做，永远都不知道你能做；有些事，你做了才知道，其实不那么简单。如果没有老师的支持，如果不自己亲自动手去干，我怎么也想不到一个小小的回收废电池减少污染的想法，能得到学校以及有关部门的支持，成为全校师生的行动；我一直对运动和跳舞毫无感觉，要不是参加了学校健美操队，我怎么也想不到自己能和别的女孩子一样有能力参加健美操比赛，还得了奖。

没有那一次给外国留学生上课的经历，我也不会体会到教中国汉语其实不容易。我自认为我的汉语水平很高，发音很标准，我就大胆地去给几个外国留学生讲汉语，我带领他们读课文，讲解了其中的几个生词，看着他们茫然的表情，我说："你们能懂吗?"他们没有什么反应。后来我才知道，这是才学了一两个月汉语的零起点留学生，他们还没有学过"懂"这个字，他们只听得懂"明白不明白"。

记得在上高三的那一年，一位大学即将毕业的大姐姐对我说："上大学前，你先想清楚自己要什么，然后再用大学提供给你的一切去实现它。"今天想来，弄清楚自己想要什么与为之努力奋斗是一种因果关系和不可分割的过程。清楚自己目标的时候，往往是学习工作最有动力的时候，但也只有在努力去实现目标的过程中，才能更清楚地知道自己真正想要的到底是什么。我还要告诉高中的同学们：

生活是真实的，只有踏实的努力才能让心灵平静与充实。

梦想是美好的，只有不放弃理想才能让生活蓬勃而美丽。

宋朝阳告诉我，等过完国庆节返校之后，她要竞选 2001 届中文系学生会主席，她要在大学这四年中不但学习好，还要在各方面发展自己的才能。

听完宋朝阳的讲述，我感到了这是一个正在一点一滴地成长着的向上的女孩，她的这段历程，会是她一生特别是今后岁月中的重要财富。但她的努力，她的热情，会不会在今后的日子里遭到打击呢？人总不会一生都很顺畅，有的时候，你还必须准备着迎接更多的更艰难的课题，那才是真正考验自己的时候。

我告诉宋朝阳，学习和工作不能只凭热情和兴趣。高中的生活是值得回忆和留恋的，你的感受非常好，你的优点也就是活得自信而真实。积极的自我形象首先来自于自信，而自信又不是盲目的自许和自大，而是不惧怕失败，能够在失败之中找出原因，在困境之中百折不挠。

要正确地认识自己，确立积极的生活目标，是你走向成功的第一步。

风从课外来

时　　间：2001 年 9 月 24 日
地　　点：艺术中学初一（3）班
采访对象：张老师　赵明　马宇歌　盛晴

在现在的初中学生们的想象中，初中三年的生活是绚丽多彩的，他们希望的初中课程不是枯燥乏味而是丰富多彩的。

现在的中学生已经不再满足于那种填鸭式的教学了。他们需要更广阔的创造空间，喜欢表现个性与想像力，而其中的很多奇思妙想经常让老师也大吃一惊。不少中学生具有很强的创造能力。

从课外美术小组的活动看素质教育

这一节是课外小组的美术课。

初一（3）班的赵明突发奇想，他从家里的花园里发现一棵干莲蓬，倒过来很像一个披着蓑衣的人，于是就他自己给这个披着蓑衣的人加上一个硬纸和包装绳制作成的斗笠。

他把这件作品拿到课堂上，进行自我讲评。他说艺术无处不在，就看你是否用心地去发现它，艺术的感染力就在于此，在艺术的海洋里，能充分地发挥人的想象空间。

在课堂上，张老师又提醒赵明如果能衬托一下周围环境，作品会更加完美。在老师的提醒下，他又发现这个《外星人》应该更逼真些，赵明又在环境上做了简单的处理，使作品更加完美。最后该作品参加了全省中学生"动手做"艺术大赛，并获得比赛的一等奖。在赵明整个作品的创造过程中，老师实际上只做了一些指导性的工作，工作主体都是由学生完成，这样不仅锻炼了学生的创造能力、动手能力，更重要的是建立了对自己的一种信心，使学生成为学习过程中的主体，调动了他的积极性。

而马宇歌同学的设计作品，更让人耳目一新。她为全家搞了服装设计。张老师说她不但学习优秀，还非常热爱生活，有强烈的创造兴趣，从头上的发结，自己身上的装饰，到全家人的各种服饰都出自自己的双手。张老师还觉得，在教学生的过程中，经常会受到学生的启发，他们的思想最开放，最不受限制，因此，具有自由发挥的创造能力。张老师说，我现在是：改"备课"为"备人"。

张老师说："由于每一期学生的爱好、特点和要求都在发生着很大的变化，所以每次开课前，张老师都要重新备课。随着每个班里孩子们差异和距离的加大，又从'备课'改成了'备人'。老师需要提前观察每个学生的特点和爱好，设计不同的教学方法。例如，有一次老师拿来一个花瓶，让同学们进行写生练习，然后自己制作一个新的作品。于是，有的选择了剪纸，有的选择了布贴，还有的是泥塑，甚至有一个学生用包苹果的网套来制作，真是八仙过海，各显其能。"

在课外学习小组上，针对某些特殊爱好还要单独辅导，比如有一个学生特别喜欢雕刻，张老师就为他设计了用粉笔雕刻《红楼梦》中的十二金钗的作品，另外准备材料和课下指导，最后刻完这十二个栩栩如生的人物时，学生家长根本不相信是自己的孩子独立完成的作品。

张老师告诉记者，近几年来，学生越来越活跃，家长越来越挑剔，老师的工作越来越重，除了教授工艺制作技巧，培养学生的个性发展之外，关心学生们的想法也成为课程成败的关键因素。

初一年级的盛晴说："每当我一走进课外小组的教室，就感到精神振奋，这里是我精神的乐园，在这充满奇妙的想象，我不仅得到了精神上的满足，还学会了如何发展自己的能力。"

的确，素质教育不是一个简单的技术过程，更多的对学生内心世界的关怀，更多的对学生自我灵智开启的肯定，更多的开发学生的联想，给予学生自我成长的主动权，恐怕应该是素质教育的一个重要环节。张老师不是一个因循守旧的老师，他的学生自然也就会更大胆更无阻拦地去超前想象，这样的素质不正是我们社会前进所需要的吗？

从美国作文课看素质教育

从网上看到这样一篇文章，题目是：《从美国作文看素质教育》，我把它摘录下来，通过对比来分析中国当前关于素质教育的问题。

一位名叫德优的女教师，面对班上混乱局面，微笑着布置给同学们一道作文题："我们来选择出自己将来从事的职业，针对未来的职业写一份报告，而且每个人都要访问一个真正从事那行业的人，做一份口头报告。"

这道作文题，使十三四岁的孩子感到惊讶，但他们还是遵照老师的要求去做了。此种作文可以培养和锻炼五种能力：一、抉择能力。经过慎重考虑，选择、确定自己未来的职业理想；二、思维能力。如何确定职业，如何从现在起为实现未来理想而努力学习；三、写作能力。即写一份"针对未来的职业"的文字报告；四、处理人际关系的能力。即访问一位与自己未来职业相关的人；五、口头表达能力。即在班上向老师和同学做口头报告。这样，做、写、说、思便有机地结合起来了。

美国的作文课，不要求学生当堂完成写作任务，可以到图书馆查资料，可以调查访问，给学生充分思考和准备的余地。美国的作文课，有很强的现实性和可操作性，关注学生未来的发展，与他们自己的利益和命运息息相关。美国的作文课，与社会、与生活是沟通的，注意处理好作文与生活源头的关系，并且追求真实和实用。这些都是中国的作文、作业所欠缺的。

中国的作文总的来看，显得空泛，多是纸上谈兵，好像只是玩弄文字技巧而已，谈不上关注学生自己的发展，缺少现实性，与学生的思想、感情、品德、人生观和价值观相去甚远。因此，学生不喜欢去做，那些来自老师或者说来自成人的指导和命题，往往会使学生们感到无从下笔，感到一种无形的制约，本来应该是最自由自在的语文学习，就变成，手铐和脚镣，难怪学生厌倦，它没有给人以更大的发挥自己的机会。看来我们很有必要学习美国作文教学的人文性、开放性、综合性、实践性和趣味性。作文是语文教学的重要环节，是语文教学的重要内容，所以它应该成为语文教学改革的突破点。

由于应试教育的影响，中国学校常常把平时作业与考场考试等量齐观。同样的作文题《我的父亲》，中国教育是当堂交稿，逼得有的孩子们临时胡编乱造；而美国是一周内交稿，让孩子们去采访父亲、母亲、祖父，乃至伯伯、叔叔、邻居和同事，使孩子们更深刻地了解了父亲，一篇生动而深刻的调查报告或纪实文学出来了。可见，美国教师深谙作文法则和教学规律，这些法则和规律很好地体现在教学、作业设计和完成作业的要求诸方面。而让学生写调查报告、研究报告等应用文，既避免了说假话、空话，又有相当的难度，日后工作也能派上用场。

是的，他山之石，可以攻玉。美国的作文教学，对于我们学校各科教学改革是有诸多启示的。目前正在实施的"减负"，将为学生接触社会与实践、为素质教育创造有利的环境和条件。

他山之石：来自美国的经验

时　　间：2001 年 6 月 27 日
地　　点：某师大附中初二（8）班
采访对象：蒂尼　张术　冯礼

　　蒂尼是我的儿子，他告诉我明天是他们班的开放日，有美国人要来班上讲课。

　　我以家长的身份来参加这种特殊的教学活动。我看到桌子被围成"U"字形的教室中，学生们被 5 个人分成一组，一位美国的年轻女教师在每组间走来走去，她为每一组定好一个选题，如《冲破障碍》、《信念的力量》、《你的自我形象》、《激励自己》、《警觉机会》等等。要求每一个同学在所在的小组中把自己的观点说出来，然后小组中选取一个代表介绍本组情况，没有提及的地方其他人还可以做补充。这个场面真让人振奋和感动，我看见全班的同学们都是那么积极而踊跃地发言。他们仿佛是被憋闷了许久的湖水，一下子打开了闸门，那自由的浪花竞相奔逐，又不断地组织起一个又一个美好的旋涡。思维在自由地扩展，呈现出来的，是让人感到新鲜而欣慰的光色。教学活动开展成这样的境界，连我都产生参与的欲望了。

　　唐老师告诉我，这不是一个普通的课堂游戏，它是国内引进的由美国太平洋研究院开发的《走向卓越的捷径》课程中的一个内容。

　　举办者介绍，该课程创办者美国人卢·泰思有句话，普通人和卓越人士的区别就在于树立目标和实现目标的步骤和方法。这套课程本身运用了认知心理学、行为心理学等最新科学成果，让中学生们认识到人生的道路是有选择的，成功的机会是可以争取的，教会他们树立较高目标，掌握实现目标的科学方法，获得前进的持续能量和创造力。像"冲破障碍"、"信念的力量"、"你的自我形象"、"绩效与自尊相吻合"、"激励自己"、"警觉机会"、"走正确的道路"等内容都是围绕这一思想树立的。

听课前，我还对这种内容较"务虚"的课程能否受到中学生欢迎持怀疑态度，但学生们课后的反映却出人意料。班上冯礼同学说："在课上，有一个游戏，是让你用四条线把九个点连结起来。如果你用常规思维局限于图形内就解决不了这道难题，而一旦突破这个定式你甚至用三条线就能把它连起来。我平时学习数学的兴趣不浓，但是这一次我是真的会转变过来的，这是在学与玩中增长了知识。我希望中国的教育也应该向这个方面发展。"

张术同学平常不爱讲话，上课也不爱发言，可是这堂课上，他却一反常态，他选择了《冲破障碍》这一主题，讲了自己在学习上的不自信，在班上他常常有自卑感，这种情绪困扰着他，使他畏首畏尾，缺乏表现自我的勇气。通过讲演，从中认识到了自己的一些不足之处。美国老师当场表扬了他，说张术的外语发音很标准，表达意思很准确。得到外教老师的表扬张术可真高兴。

他下决心今后一定学好每一科的课程。扔掉不自信的重负。

蒂尼是一个偏激的孩子，他的观点总是与从不同，老师给了他一个《你的自我形象》一题，蒂尼说："我非常喜欢这种上课的形式，有一种平等自由之感，在这一节课上，我体会到了人与人之间可以相互信任、相互交流的感觉。大家都说我有偏激的倾向，我一直否认造成我偏激倾向的主要原因就是学习的环境和方法。我喜欢给我自己留出一些想象的空间。我讨厌死记硬背，但又没办法，我的考试成绩总是平平，但是我的发挥题却总是让老师称赞，特别是外语作文，老师说有'蒂尼风格'，只要我感兴趣的，我都能做好。我不喜欢数学，我将来不想当数学家，可是没办法，考试、中考、高考数学都算成绩。仅数学一科就把我的成绩拉下来了。名次总是排在后面，但我并不觉得不光彩。我喜欢美国老师讲的这一节素质教育课。"

的确，在中国教育的改革中，实施素质教育也有好多年了，但是成效不大。主要原因是现在总谈素质教育，但学校里没有这方面好的课程设置，没有好的教师，缺少创新意识，调动不了同学们的学习积极性。

　　美国人的这一堂课却给我留下了很深的印象。我们的教学设置何不以这个教材为例，多一些游戏教学，它对培养中学生的创新意识很有好处。

黯然伤感的语文课

时　　间：2001 年冬
地　　点：麦当劳快餐店
采访对象：高二年级学生甲、乙、丙

　　每一个中国孩子的青少年时代，都要用大量的时间学习自己的母语——汉语，但是，令人不满的是，这种学习在今天却成为了一件令学生厌倦的事情。而导致学生厌学的原因之一是语文课。麦当劳快餐店里拥挤着不同的人们。在一个角落里我找到了个位置。这是一个四人坐位，旁边坐着三位学生，当我走到跟前时，他们很友善地给我让了坐。

　　接着，他们旁若无人地继续海阔天空地聊着。

　　……

　　学生丙：咱们的语文课教材真是坑人。这个假期我准备自己编一套语文教材，准会全国畅销。

　　学生甲：你要能编出畅销的语文教材，我请你吃一辈子麦当劳。

　　学生乙：你们就吹吧。我早就编出来了，等明年看谁考取北大。（他得意地笑着）听着他们的谈话，我也跟着笑起来。

　　"你们是学文科的吧，几年级？"

　　学生乙："是学文科的，高二。"

　　"我听你们在谈教材，你们对现在的学习有多大兴趣？"

　　学生乙："兴趣不大，又不得不学，没办法。"

　　"什么叫没办法？"

　　学生甲："主要是教材太旧。有意思的东西少，老师教学方式也太死板。比如说老师整天让我们搞基本功训练，学生们很烦。中学生需要创造性的学习，在某些方面，学生也有超过老师的地方。比如说我们学校没有计算机教材，不能上计算机课，就有一位初一的同学，主动要给初二年级上计算机课，结果讲得比老师还好呢，阿姨你信了吧？极受欢迎。还有一次……"（他这时看了一下丙的眼色，不再说话，低头吃起来。）

学生丙："我们就是瞎侃，瞎吹，随便说着玩呢。"

我说："我不是老师，只是愿意听你们聊天。看样子你们对学习有很多苦恼？"

学生乙："苦恼太多了，告诉你，我们上中学共计 6 年，老师不知要花费多少心血向同学讲多少没用的知识。"

学生丙："你也不能这么说。我认为现在的课程不能按自己的想法学知识，更不能想干什么就干什么。"

学生甲："这些苦恼就不多说了，说了也白说。整个中国教育都是这样子，咱们不是白操心吗。你说对吧？"（他自己做出了无可奈何的样子。）

"看不出你们这些中学生还真挺有想法，我觉得你们说得很好。那你们最高兴做什么？"

学生甲、乙、丙："放假，旅游，自学，上网，和好朋友在一起。"

学生乙："不用家长管也不用学校管，自己安排自己的生活。"

"你们真要是这样子，能考取大学吗？"

学生甲："但是，上学确实让人烦。教材不改革，考试方式也不改革，学生的学习兴趣不会改变。"

学生乙："没错。现在学校安排的学习太杂，有用的没有时间去学，课本上新的东西很少。"

"我的语文天赋都被埋没了。"

"我刚才听你们自己要编教材，而且还有编好的。你们觉得教材应该怎么改呢？"

学生乙："（他不好意思地搔着头笑了一下）那是瞎吹呢。"

学生甲："我觉得教材该像百科全书。比如把所有计算机类的放在一起，把自然科学的放在一起，再把社会科学的放在一起，面要广但不要深。"

学生丙："对。这样谁对哪一方面感兴趣，再去深入研究。"

学生乙："教材最好是图文并茂，生动有趣。现在的语文课本实在是太枯燥了，语文应该是所有学科中思想最有趣、最受欢迎的课程，现在乏味。数学题都允许有几种解法，为什么语文题不能?"（他说得有些激动，脸涨得通红。）

学生丙："算了，别庸人自扰了，咱们都改变不了这一切。"

……

望着那三位走远的学生，我心里有一种说不出来的感觉。

我虽然很难一下子改变这一切，可我应该将它写出来。我相信，总有一天，语文课会成为趣味性、实践性、知识性于一体的最有意思的课程。而每一本语文书，也都会成为让人爱不释手的经典性的读物。

与父母共舞

那扇门为什么关着

时　　间：2001 年 9 月 27 日
地　　点：何老师办公室
采访对象：阎小晶　何老师

　　何老师是初中三年级的班主任老师，她教语文课。最近，我就《如何上好中学语文课》的问题采访了 C 市部分初中语文教师。如何进行语文教学的改革已经引起全社会的关注。

　　我注意到了阎小晶的名字，是因为她的作文《我的门》。

　　说实话，读了她的这篇作文，我非常压抑，也非常惊讶。

　　在我的想象中，现在的孩子虽然作业多了些，考试的负担重了些，但他们从来不缺乏爱和关怀、我甚至倾向于认为现在的孩子，尤其是城里的孩子得到了太多的爱，而这种来自父母和父母的父母的可称之为溺爱的情感，会使孩子们体验不到那种更深沉的爱。当然我也知道，也有一部分孩子，由于种种原因缺乏温暖和抚慰。但我从来没有想到父母和孩子之间也会产生情感上的隔膜，甚至敌意，而这种敌意会如此严重地伤害一个孩子的心灵和情感。

　　何老师说阎小晶的作文一直写得很好，在她的文字里，总是弥漫着一股压抑、孤独的情感，有时，甚至还会流露出幽闭和悲观的倾向。何老师把她的作文《我的门》拿过来给我看，希望我能帮助她。她的语言很有文彩，表达力很强，有一种感染人的力量。

她在作文中写道：

蜜蜂回家时是嗡嗡唱着的；燕子归来时是呢喃地唱着的。总之，当暮色降临的时候，包括人在内的一切动物，迫不及待的愿望是回家。对别的人来说，家是给你欢乐和温暖的地方，家象征着安全和自由，大家彼此之间，可以说想说的话，用不着像在外面那样，处处小心翼翼，带上面具，说违心的话，甚至，做违心的事。但是，我没有这样的家。我害怕放学，害怕回家。走进家门，听不到问候和欢乐的声音，看不到笑脸，听到的不是妈妈的报怨，就是爸爸的责备，似乎他们的倒霉事都是因为我，才落到他们身上。

他们两人一起下了岗，没有了工作，但是他们不自己去想办法另找出路，只是报怨。报怨找不到发泄的对象，我就成了他们的出气筒。他们两个下岗的原因，是因为他们都是高中毕业，没有上过大学，没有文化。当他们应该认识到自身的问题，然后努力学习，提高自己。但是，他们没有，他们不思进取，没有钱了，就到处去借，有了钱，就大手大脚地花，约几个邻居来家里打麻将。我从来没看见他们完整地读完过一本书。我的学习，他们也很少问，似乎我学得好坏都一样。

"回到家里，我惟一感到亲切的是我的门。我进到自己的小屋，就轻轻地把门关上。关上了门，房子里就我一个人了。这是我一个人的世界。我虽然孤独，没有人来说话，但也没有人让你眼见心烦。我在我的门背后贴了几张画，都是暖色调的，有一位母亲的笑脸，还有一轮从大海上升起的太阳。我把我的门，当做我的朋友。它站在那儿，把外面的世界挡开来，让我觉得安静和安全。我因此特别喜欢美国作家莫利的那篇散文《门》。

我第一次读它的时候泪水一下子就流了下来。从此以后，每每伤心、委屈的时候，我就轻轻读着这篇关于门的文章，这时的感觉，就仿佛听一位善良的阿姨坐在我的对面，轻轻地与我对话。而且，就因为这篇叫《门》的散文，我把凡是带门的作品都找来读了，有梅里美的（《卡门》，李佩甫的《羊的门》，还有很时髦的《大宅门》。是的，我的门是有生命的，它是我的朋友，真的很难想象，假如没有它的存在，我的日子会多么不可想象。那该有多可怕呀！"

读完了阎小晶的作文，我的心里很堵，我问何老师，阎小晶的学习状态怎么样？

她说："她的学习非常好，在全年级排前几名，她学习非常刻苦，但就是不爱与同学们来往，显得沉默寡言，心事重重。"何老师还说，学校里的老师也去她家里做过家访，希望阎小晶的父母能多关心孩子，但没有多大的效果。

何老师还告诉我，阎小晶是一个非常懂事的孩子，学习成绩好，但是，她担心不正常的家庭环境会影响阎小晶的学习和成长。

那扇门为什么关着？

阎小晶喜欢关上自己的房门。这本是一个习惯动作，本来，关门是一种需要。它把外面的喧哗和里面的世界隔开来，借此满足人的独处或安全的心理需要。但门还有一个功能，那就是打开来，通向外面的世界。走出打开的门，意味着走进别人的世界。这同样也是一种需要。

如果走进别人世界的门被关死了，也就意味着通向正常生活的路被切断了，意味着人与人之间被一层比门还要高还要厚的墙隔开来了。而最具悲剧意味的是在家里，每个房间的门却不能随意地打开。

换句话说，如果在家里，要关上房门才能得到心灵的安全，那真是令人心酸的悲剧和不幸。

而如果因为父母的原因，让孩子在委屈中关上了自己房间和心灵之门，那对孩子来讲，简直太可怕太不幸了，做父母的固然不能像现在社会上有些父母那样溺爱孩子，但也不能无视他们对于正常的爱和关怀的需求。

对于父母来讲，最低限度的要求是，别让孩子的房门总是因为恐惧和躲避而紧关着。

最近我再看密那写的书《母亲的话》，这是写给母亲的，更是写给孩子的，读着她的文字，就像是在空中有一种轻轻的声音在与我们每一个人聊天，她所谈到的与我们每一个家庭都有关系。我把密那的《母亲的话》中的一段文字抄录下来，赠给那些为人父母的人们：

……

倘若你要为一儿童所尊敬，你得尊重你自己，且要时时刻刻值得敬仰永远不要武断，不要专横，不要暴躁，不要生气；每当你的儿童问你一个问题，不要以愚蠢的话答复……而且永远不要忘记你得常常超越自己，以居于这事业的高处（有效地教育你的儿童），且真实完成面对你于儿童的责任，由于这一简单事实是你将其带到世间来的……"（《母亲的话》，徐梵澄译，辽宁教育出版社，1997 年版，第74—75 页）

密那的话，是对每一位母亲的忠告，每一个做母亲的，都应该细细地想想她那充满爱意的真理。我要告诉阎小晶同学，我也非常喜欢美国作家莫利的那篇散文《门》。我和你有同样的感觉，第一次读就流泪了，后来我的一些朋友们也读了这篇文章，每个人都有着不同的感觉。但大家都被感动了。但是，我要跟你说，你现在还是初中生，这种压抑会影响你的学习和心情。我敢肯定，你对门的理解只是孩子般的理解，在你以后的人生之路上不知道要走进走出多少个门啊！你想过吗？

莫利说："开门和关门是生命之严峻的一部分。"

这句话的意义多深刻呀。你要给自己设立一个理想之门，在慢慢长大的过程中，你会觉得你自己的房间的门不会满足你的，虽然它与你朝夕相处了多少年，它会永远是儿时的朋友，因为你长大了。

小晶，我们一起再来读一遍这篇文章好吗？同时我还想把这篇散文推荐给所有的中学生朋友们。

附：

门

[美国] 莫利

开门和关门是人生中含义最深的动作。在一扇扇门内，隐藏着何等何样的奥秘！

没有人知道，当他打开一扇门时，有什么在等待他呢？即使那是最熟悉的房子。时钟滴答响着，天已傍晚，炉火正旺，也可能是隐藏着令人惊讶的事情，修管子的工人来了，把漏水的龙头修好了。也许是女厨的忧郁症突然发作，向你要求得到保障。聪明的人总是怀着谦逊和容忍的精神来打开他的前门。

我们之中，有谁不曾坐在某一个接待室里，注视着一扇富有意义的门上那不可思议的格板呢？或许你在等待申请一份工作，或许你有一些你渴望做成的"交易"，你望着那机要速记员轻快地走出赶进，漠然地转运着那与你的命运休戚相关的门。然后那年轻的女郎说："克兰伯利先生现在要见你。"当你抓住门的把手，你就会闪过这样的念头"当我再一次打开这扇门时，会发生什么事情呢？"

有各样的门。有旅馆、商店和公共建筑的转达门。它们是活泼喧闹的现代生活方式的象征。难道你能想象密而顿①或潘思②，急匆匆地空穿过一扇转门？还有古怪的吱吱作响的小门，它们依然在变相的酒吧间外面晃动，只有从肩膀到膝盖那样高低。更有活板门、滑门、双层门、后台门、监狱门、玻璃门。然而一扇门的象征和奥秘存在于它那隐藏在它内部的事物加以掩盖，给心儿造成悬念。

开门的方式也是多种多样的，当侍者端给你晚餐的托盘，他欢快地用肘推开厨房的门。当你面对倒霉的书商或者小贩时，你把门打开了，但又带着猜疑和犹豫退回了门内。彬彬有礼、小心翼翼的仆役向后退着，敞开了属于大人物的壁垒般的橡木门。富于同情心的然而深深沉默的牙医的女助手，打开通向手术室的门，不说一句话，只是暗示医生已为你做好了准备。

一大清早，一扇门猛然打开，护士走进来——"是个男孩！"

门是隐秘回避的象征，是心灵躲进极乐的静谧或悲伤和秘密搏斗的象征。没有门的屋子不是屋子，而是走廊。无论一个人在哪儿，只要他在一扇关着的门的后面，他就可以自己不受拘束。在关着的门内，头脑的工作最为有效。人不是在一起放牧的马群。狗也知道门的意义和痛

---

① 密而顿（1608—1674），英国著名诗人
② 潘恩（1644—1718）英国基督教会领导人，社会哲学家。

楚。你可曾注意过一只小狗依恋在一扇关闭的门边？这是人生的一个象征。开门是一个神秘的动作它：包容着某种未知的情趣，某种进入新的时刻的感知和人类繁琐仪式的一种新的形式。它包含着人间至乐的最高闪现：重聚，和解，久别的恋人们的极大喜悦。即使在悲伤之际，一扇门的开启也许会带来安慰：它改变并重新分配人类的力量。然而，门的关闭要可怕得多，它是最终判决的表白。每一扇门的关闭就意味着一个结束。在门的关闭中有着不同程度的悲伤。一扇猛然关上的门是一种软弱的自白。一扇轻轻关上的门常常是生活中最具悲剧的动作。每一个人都知道把门轻轻关上之后接踵而来的揪心之痛，尤其是当所有爱的人仍然在左右，音声可闻，而人已远去之时。

开门和关门是生命之严峻流动的一部分。生命不会静止不动并听任我们孤寂无为。我们总是不断地怀着希望开门，又绝望地把门关上。生命并不像一斗烟丝那样持续很久，而命运却把我们像烟丝一样敲落。

一扇门的关闭是无可挽回的。它像突然扯断了系在你心上的绳索。重新要开它，是徒劳的。至于另一扇门是不存在的。门一关上，就永远关上了。通往消逝了的时间脉搏的另一入口是不存在的。

宽容和赞赏比什么都重要

时　　间：2001 年 9 月 10 日
地　　点：编辑部
采访对象：初二年级　王　闯

　　一般来说，孩子因为不能忍受老师对自己冷淡的态度，或不能接受老师对自己的批评常常与老师产生一种抵触情绪。特别是在我国目前的各种教育环境里，许多老师不能够以肯定的态度、欣赏的眼光和鼓励的言语对待学生，而是用否定的态度、挑剔的眼光和批评的言语对待学生，因此造成孩子对老师的惧怕，产生抵触情绪。而这种负面的情绪直接影响孩子的学习兴趣和学习效率，应该引起老师和家长的重视。

　　那么作为家长如何来帮助孩子克服这种惧怕心理，缓解孩子对老师的抵触情绪呢？

　　我来讲一个真实的故事。

　　教师节这一天的中午，全校师生放假。

　　C 市某初中二年级学生王闯打电话给我，他说："朱老师，我在网上和报上看过您的文章。您说要与中学生谈话。我虽然不会写文章，但是我同意您对中学生的有些看法，就从您和中学生们站在一起、替中学生说话这一点上，我就相信您。您能和我谈谈吗？"

　　我说："没问题。今天正好是教师节，你方便来编辑部坐坐好吗？"

　　他说："不行。"听他的语气有些斩钉截铁。

　　我说："为什么？"电话的那一端停了一会儿，他又开始说话："您能保证吗？不告诉我的老师更不能告诉我的妈妈我曾给您打过电话。"

我说："我保证。"

他说："我离家出走了，现在很远的地方，在一个有海的地方。如果您违约，我就会去死，如果您答应不说出去，我就把出走的原因告诉您。"

听他这么一说，我真吓坏了，我又一次向他发誓，绝不说出去。

经王闯的同意，我把电话给他打过去，这时候我才知道他在山东日照。同时我的心立即被吓得紧缩起来，真怕这个男孩子出现意外的事。我想问清楚他出走的原因，一想问话又要讲点策略。我突然想起日照那美丽的海，他在海边不会去跳吧？

"王闯你会游泳吗？日照可是个游泳的好地方。你看到海了吗？"我说。

王闯可能没有想到我第一句话会问他这个，他似乎一下子兴奋起来："看到了，我的对面就是大海，那里还有好多游泳的人。您问我会不会游泳？游泳可是我的强项。小学六年级时，我参加过少年宫横渡南湖的比赛，差一步我就能得冠军，结果得了第二。唉，提起游泳我就伤心，反正我总是不对，做什么都不对，那次游泳比赛回来后老师说我没发挥好，把我好说了一顿，我妈妈更是不问青红皂白劈头盖脸就骂我，家里花了那么多钱白白培养了我两年。从那以后我再也不游泳了。"

"那你去日照干什么？"我轻轻地问他。

王闯又重新回到了刚开始的情绪中。

他说："朱老师，请您相信我，我不是坏学生。我学习虽然不好，但是我认为我的品质是好的。现在我长大了，我知道这些年我的心情总是压抑。压抑您懂吧？我从小爱运动，上课也不老实，学习总是排在全班的后几名。每次看到我的成绩，我妈妈总是没好气地跟我大喊一通，在班上，老师也因为我拉了班级分数的后腿不停地谴责我，同学们也看不起我，没有人愿意跟我在一起，老师在班上还说过，'不许跟王闯在一起，他会把你们带坏的'。小的时候我不在意，可是这几年我却觉得学校和家里的环境都容不下我，他们都认为我是不争气的孩子。到处都是一片谴责的声音。长这么大我都不知道什么叫温声细语。"

说到这儿，王闯停了片刻。"这一次我真的是太难过太伤心了，本来我是想在教师节之前为班级为老师做点好事，把那块玻璃黑板擦洗干净，却一不小心和同学打闹时用水壶碰撞黑板，黑板的一角立刻打掉了一小块。老师二话没说，就把责任全推到我的身上，并找来了家长。我妈妈拿出钱重新为班级买了新黑板，同时我妈妈当着老师和同学们的面骂了我。说我是个没用的东西，特别是我妈妈，她总看不惯我，说我头发长，衣服不整齐，吃饭声音大，在她眼里，我没有一点好处。"

王闯不再说话，竟然在电话的那一边抽泣起来。

"朱老师，您放心，我走的时候已经给家里留了条，告诉他们不要找我，我肯定不会出事，我还告诉他们，我从他们的抽屉中拿走了3000元钱。让他们记下这笔账，我会还他们的。我只是出来走走，这里没有认识我的人，我感觉很平等，再说，我也在试试我的生存能力。其实没什么了不起的，用时髦的话说：不过如此。其实，话说开了也好，朱老师您可以把我作为素材，写一篇故事，您想告诉我妈妈都可以。我告诉您，和您说说话，我心情好多了，我的对面就是大海，我的心立刻像大海一样宽广了，您放心，我不会去游泳。"王闯不等我说话，他就说了声"再见朱老师，过几天我会去编辑部看您的。对了，再问一件事，您说12日那场球赛中国队——乌兹别克斯坦队谁能胜？"

我说："咱们打赌，好吗？"

他说："中国2：0胜。"

我说："中国2：1胜。"

然后他把电话挂掉了。

感觉王闯的心情调整了一些，可是我依然为他担心着。

在目前的中学里，像王闯这样的孩子有很多很多，他可以代表一个层面，我们不妨分析一下，当家长发现孩子对老师对学校有抵触情绪时，首先要给孩子创造一种宽松的、自由的发表意见的心理氛围，使孩子毫不隐瞒地讲清楚老师批评自己的原因以及对自己的态度。家长一方面要认真听取孩子对事情的全部经过的陈述，以及孩子对老师批评和处理意见的看法。另一方面要冷静分析孩子产生抵触心理的主要原因，并采取适宜的方法予以解决。如果是属于孩子认识偏激或行为错误时，家长要积极引导，如果是属于老师处理问题存在片面性或有失误时，家长要积极主动与老师交换意见，帮助老师弥补教育过程的疏忽和过失，以化解孩子的抵触心理，从而达到真正教育孩子的目的。

有一位老师说过，没有不可救药的学生，只有不会对症下药的老师。每一个学生都需要家长和老师的肯定，要时时刻刻做到赏识你的孩子。

走出编辑部，带着极为复杂而不安的心情，我找到了王闯的妈妈。她听说王闯在外面跟我联系过并谈了许多话，显得意外和高兴。我告诉她，我并没有见过王闯，但凭感觉我想他一定是非常好的孩子，他身上的优点在所谓班级的'尖子生'的身上绝对是不具备的。他善良而乐于助人，他诚实而善良。他缺少的就是你们对他的肯定和赏识。最近，我收到很多家长写给我的信，他们的孩子大多跟王闯相似，他们在信中开始反思自己对孩子的教育方法不妥，造成许多家庭亲子之间的隔离，我们的家长是应该细细地反思一下自己了。

王闯的妈妈说她自己真的不知道应该怎么教育孩子。她说她一个人带孩子十几年，就是想让他有出息钱没少花，看着他成绩不好马上就发火，也没少打他骂他。

于是我把事先准备好的一封信拿给她看，这是一位美国父亲的忏悔信。我想再一次放在这里，让中国的父母们仔细地读一读，请您用心去读它，好吗？

孩子：

在你睡着的时候，我要和你说一些话。我刚才悄悄地走进你的房间。几分钟之前，我在书房看报时，一阵懊悔的浪潮淹没了我，使我喘不过气来。带着愧疚的心，我来到了你的身旁。

我想的事太多了。

孩子，我对你太粗暴了。在你穿衣服上学的时候我责骂你，因为你洗脸时只在脸上抹了一把；你没有擦干净你的鞋子时我对你大发脾气；你把东西不小心掉在地上时我又对你大声怒吼。

吃早饭的时候，我又找到了你的错处：你把东西泼在地上，你吃东西狼吞虎咽,你把手肘放在桌子上,你在面包上涂油太厚……

在你上学我去赶汽车上班时,你深情地高呼:"爸爸再见!"我却皱着眉头对你说:"怎么又驼背了,把胸挺起来。"

晚上,一切又重新开始。我在下班路上看到你跪在地上玩弹子,袜子破了好几个洞,禁不住又大发雷霆:"袜子是花钱买的,你怎么一点儿也不知道心痛……"并在你朋友的面前押着你回家,使你当面受辱。

孩子,你还记得吗?晚饭后,我在书房看报,你怯怯地走了过来,眼睛里带着委屈的目光。

我对你的打扰极不耐烦。你在门口犹豫着,我终于忍不住吼了起来:"你又来干什么?"这时候你没有说话,却跑了过来,抱着我的颈子吻我,眼里含满了泪,简直不敢相信我如此粗暴也萎缩不了你对父亲的爱。接着,你用你的小手臂又紧抱了我一下,就走开了,脚步轻轻地走开了。

孩子,你知道吗?你刚离开书房,报纸就从我的手中滑落到地上。一阵强烈的内疚和恐惧涌上心头。习惯真是害我不浅。吹毛求疵和训斥的话几乎成了我的习惯。孩子,爸爸不是不爱你,而是对你的期望值太高。我是用成人的尺度衡量你,而且拿很多成年人也都难以做到的标准来要求你,细想起来,多么可笑。

而你本性却有那么多真善美,你小小的心犹如照亮群山的晨曦——你跑进来吻我的冲动显示了这一切。今晚,一切都显得不重要了。孩子,我在黑暗中来到你的床边,跪在这儿,心里充满着愧疚。

这也许是没有多大效用的赎罪。等你醒来后告诉你这一切,你也不会明白,但是从明天起,我要做一个真正的爸爸、做你最好的朋友,你受苦难的时候我也受苦难,你欢乐的时候我也欢乐。我会把不耐烦的话忍住。我会在像一个典礼中不停地庄严地说:"你只是一个孩子,一个小孩子。"

我以前总是把你当成大人来看,但是孩子,我现在看你,蜷缩着熟睡在小床上,仍然是一名婴儿,你在你母亲的怀里,头靠在她的肩上,仿佛只是昨天的事。我以前对你要求太多了,太多了。

爸 爸

王闯的妈妈读完这封信，已经是泪流满面了。

她说，孩子离家出走，都是因为她的教育方法不当，王闯不跟家里联系，是恨这个家，我也相信这孩子在外边不会出事，我就等着他自己回来吧。她说，如果他再打电话给你，就转告他，从今天起，妈妈绝不是以前的妈妈，不管王闯今后的道路有多么艰难，我都会挽着他的手。

2001年9月15日星期六的晚上，王闯妈妈兴冲冲地给我打来电话，说王闯已经回来了。相信这是一个结束，也是一个开端，一个良好的开端。

现在是晚上7点20分，再有10分钟，体育频道将现场直播2002年日韩世界杯亚洲区预选赛：中国队——乌兹别克斯坦队，这将是一场关键的比赛。

我与王闯打过赌。不只是足球。

让苦难为生命淬火

时　　间：2001 年 8 月 1 日
地　　点：通榆家中
采访对象：高　扬

　　暑假，我带着儿子回老家度假。高扬家与我家是邻居，听说她高考取得好成绩，这也是小城里近几日传个不停的新闻。回到家乡，我听说的也是高扬高考考了 632 的高分，我真的为她高兴，但同时又为她担忧。因为我知道，这个高材生出在高家，并不一定是件高兴的事，她的家里实在难以承受了上大学那昂贵的支出。左邻右舍都清楚高家的状况。当我去高家表示祝贺时，我看到的却是令人心酸的一幕——

　　一间没有任何装饰的小屋里，摆放着两张床，一张双人床一张单人床，高扬和妹妹住在双人床上，另一张非常小的床上躺着正在生病的妈妈董小杰。高扬的妈妈董小杰曾是我的小学同学，因为她没考上大学，早早就结婚了。这一次我来看她，差点认不出她来，生活的困苦和病魔把她折磨得已经不成样子，高扬这一次的好成绩却让她愁眉不展，但是她的内心依然很乐观。她说："只要孩子有出息，再难也得供她上大学。"

　　她看见我的时候，眼泪就情不自禁地流出来了。高扬站在我的身旁也是一副心情沉重的样子，看到这场面，我心里也很不是滋味，坏事让人愁，这好事也让人愁。

有的人在酒店里一顿要吃掉上千元甚至几千元的酒菜，有的人在麻将桌上，哪一次不是要搓掉一个大学生一年的学费，还有人一场高尔夫球就输几万、十几万元，我深圳的一个朋友说：那是贵族运动，他曾经输掉一杆就是六万元。难道人的等级差别就这么大吗？而这样一个懂事的孩子，这样一位含辛茹苦、忍辱负重的母亲，却因为上不起大学而发愁。

高扬拉着我坐到了她的床边，跟我细细讲诉了她这些天悲欢交集的复杂体验。

"2001 年 7 月 25 日上午 9 时，我接到了高考成绩单。成绩是 632 分。看到自己考得这样好，我情不自禁发出一声惊呼。"

"短暂的雀跃之后，我沉默了。这个成绩是在我的预料之中的，这些年来，为了我妈妈，也为了我自己，在学习上，我下了比别人不知多多少倍的功夫。同时我也清楚，多年来，只有含辛茹苦的母亲一个人支撑着的这个家是无论如何也凑不出上大学的学费。平时妈妈为了让我和妹妹上学，每天走街串巷起早贪黑地卖馒头挣钱，一个馒头只能赚 5 分钱。我永远也忘不了有一年的冬天，天已经很晚了，外面下着大雪，妈妈从外面回来的时候，身上脸上头发上都是白色的，衣服上的冰水已经凝固成了冰。妈妈顾不得扫去身上的冰雪，高兴地说，今天我卖出去二百个馒头。二百个。她反复地说着二百个这个数字，坐下来不停地换算着，一天挣二十元钱，一个月就能挣六百元，到高扬考学时就能……"

"我和妹妹都很懂事，在学习上不让妈妈操心，但是看着妈妈的身体一天天病下去，我怎么能忍心扔下妈妈不管去上大学呢？如果因为读大学让妈妈受苦，我宁愿不读。虽然考大学是我们全家的梦想和希望，但跨进校门的路太长远了。"

高扬长长地叹了一口气，她一直是眼泪汪汪地跟我讲着，我也是心情沉重地听着。

"我妈妈听到我的考分时她正在街上卖馒头，听到邻居传来的喜报，妈妈先笑了，然后就哭了。"

提起狠心的父亲，19 岁的高扬心情已经很平静。但说到为了自己和妹妹多年艰难操持的母亲时，高扬又流泪了。那年她还在上小学五年级，"重男轻女"的父亲受不了家族的压力，最终选择了和母亲离婚。就在离婚判决下来没多久，父亲便"失踪"了，离开了通榆县城，离开了被判给他抚养的 11 岁的我，妈妈重将我领回了家。从此，我们母女三人相依为命。

在没有任何经济来源的日子里，家里只有靠妈妈出去帮工抚养两个女儿。每次到了交学费的时候，我都是直到拖得不能再拖的时候，才小心翼翼地告诉妈妈，我看着妈妈一家一家地去向亲戚邻居们借钱，我的心里难受极了。从那时起我和妹妹就发誓，"一定要好好学习，有出息，让妈妈享天下之大福"。

说到这里，高扬泪水流了出来："如果因为读大学让家里负债，让妈妈再受苦，我情愿不读了。那样我会内疚，因为知道妈妈有多难，有多苦……"我告诉高扬，不要那么悲观，困难是暂时的。你自己首先要战胜困难，在考场上你是赢家，在人生的路上你这是刚刚开始，只有你自己坚强起来，妈妈才会看到阳光。妈妈为你起的名字多好，高高地扬起你的头！我们一起想办法好吗？

高扬使劲向我点着头。为了了解更多的情况，我和高扬一起去学校见了她的班主任。

高扬的班主任田老师告诉我，高扬在班上是班长，在她当班长的这 3 年里她感到从未有过的轻松。班里有什么活动，都是高扬自己牵头组织，有哪个调皮学生犯错误了，高扬会主动找他谈心。学校团支部书记说起高扬更是赞不绝口，自从高扬当上年级团支部书记后，学校的"第二课堂"就进行得有声有色，英语角、演讲比赛、书法展……虽然高扬有严重的贫血和低血压，但她干工作竭尽全力。

高二那年的团活动让所有老师记忆犹新。作为组织者，高扬将活动命名为"让青春闪闪发光"，以节约为主题的表演，演讲让前来观摩的市教委领导和各校老师好评如潮。其实高扬让大家感动的就是她的做人和品质。

老师们的肯定和赞扬又让高扬鼓起了奋进的勇气。

爱好英语的高扬在高考结束后仍是每天早上 7 点起床，晨练过后给附近的一个孩子辅导功课，她通过做家庭教师，帮助妈妈一起解决好上大学的学费问题。当律师是高扬从小就有的梦想。如果说 11 岁那年想当律师是想为柔弱无力的母亲讨回一个公道。让法律去谴责和惩罚父亲的话，那么现在的高扬是想还更多的无力支付律师费用的人们一个公道。中央电视台《今日说法》里报道的那些无偿为别人提供法律援助的好心律师，是高扬心中的榜样。

高扬说假如能上大学的话，她一定会在学校参加勤工俭学。她信心十足，我相信，凭着这个不服输的性格，她会成功的。

2001 年 8 月 23 日，高扬打来电话，兴奋地告诉我说，一所大学法律系录取了她，并免收她第一学期的学费。某企业还以奖学金的形式为她提供假期探家的食宿费和一部分学费。一家航空公司还将送她一张求学之路的飞机票。我相信，她还会遇到更多的好心人，还会得到更多的关爱和支持。我想说的是，艰辛和苦难的生活，固然让人沉重，甚至，有时还真让人产生绝望的感觉，但是，苦难还会激发出人的善念和爱意。它会为生命淬火，赋予生活一种平凡而伟大的性质。

在社会档案里

两个中学生的绑架游戏

时　　间：2001 年 9 月 22 日

地　　点：少管所

采访对象：某职业初中学生李明军（化名）　　张柠（化名）

　　晚上六点多的时候，在省少管所工作的同学打电话给我，问我有没有时间来采访两个初中生。在电话里，他大致给我讲了这两个同学的情况。我说我马上主过去。

　　我穿了一件风衣，我知道北方深夜的夜晚已经是寒气逼人，少管所又在市郊。最快也得 40 分钟的时间才能到那里。

　　夜很静，繁星满天。

　　我坐在省少管所管教的办公室，首先仔细看了李明军和张柠的案卷，我觉得这是两个未成年人犯罪的典型案例。

　　我要求去看看他们，我的同学把我带到了一个干净整洁的房间，这里要比我想象的条件要好得多，一室住六个人，被子叠得很整齐。看见我们进来。屋子里的六个孩子都站了起来。我的同学把李明军和张柠叫到了办公室。

　　李明军和张柠都是 C 市某职业中学初中一年和二年级学生，他们怯生生的脸上，带着稚气。

　　这次被管教所关起来是因为谎称自己被绑架。

　　当我问起他们谎称被绑架案的原因时，开始他们俩低着头默默无语，显得有点精神紧张。在我追问下，他们道出了实情。

　　李明军说："我们在学校里打架了，这次打架完全是为了给我们的‘老大'出气。"张柠补充说:"要不是为了'老大',我们也不会往死地打。"

我有些听不明白他们的话,"老大"又是谁?在学校里怎么会有这么复杂的关系?原来,在学校里初一和初二年级分成了帮派,李明军与张柠都是 A 帮的兄弟。A 帮一共兄弟 7 人,李军明排行老三,张柠排行老四。有一天,学校 B 帮的人欺负他们的老大。这一下惹火了李明军和张柠。就在那天晚上,他们动手打了 B 帮的一个同学,由于出手太重,打伤了对方的眼睛。见惹下事端,他俩不敢回学校也不敢回家,于是就跑到市郊的一个录像厅里躲了起来。

他们也明白,躲 r 和尚躲不了庙,这样躲下去也不是办法,身上又没有多少钱,怎么办呢?李明军与张柠商量决定不再回到学校,到外面闯荡江湖。可是没有钱怎么办呢?李明军与张柠合计了一晚上,还是没想到解决的办法。

突然,李明军灵机一动说,咱们假装被绑架,让你家里拿出 20 万元,钱到手咱们就远走高飞。反正你爸爸是大款,有的是钱,他不会不心疼你吧?

张柠说这办法有点儿损,但眼下也没有别的更好的办法,只好这样做。第二天晚上,他们俩就上演了那场假绑架案的闹剧。

听着他们的讲诉,真让你又气又想笑。这完全是孩子式的游戏,难道他们真的是这样简单地理解社会吗?

C 市深秋的夜晚,已经非常冷,眼前这两个孩子蜷缩在那里,让我心痛,他们的年龄跟我的孩子一样大,可是他们的经历却如此复杂。我看见他们只穿了件衬衫,显然是有些凉意。我便把我的风衣递给李明军,他接过后却给张柠披上了。这一小小的举动让人感动了一下。

我说:"知道你们的妈妈此时会是什么样的心情吗?"

他们相互看了一下,又都低下了头。还是张柠先开口了。

张柠说:"朱阿姨,说实话,现在我很想念'老大',也不知道他现在怎么样了。我们的'老大'对我们太好了,他特讲义气,谁要是敢欺负我们,他肯定会为我们去拼。我爸爸妈妈对我可不会那样,他们把我放在学校里寄读,然后去做生意,每个月钱倒是给我挺多的,一周让我回家一次,刚上初一年级的时候,我是一周一次,现在我一个月才回家一次，家里没有温暖，有的总是训斥和谴责。在学校里我们有一帮哥们，我们还可以上网吧，上网聊天打游戏，还可以去电影院看通宵电影。"

"告诉您朱阿姨，我们的'老大'跟电影里的老大特像，他酷极了。"李明军说。

这时的他们有些兴奋，再看我的眼神，觉得有些不对劲儿，自己身在管教所里不应该再提起"老大"。

我说："你说你被绑架了，你没想到后果吗？你爸爸会拿钱来吗？"

李明军说："我们已经料定他爸爸会拿钱来，但没想到他会报警。我在电话里说过，如果报警，我就撕票。"

撕票！他们竟然想到这个词。我又被吓得打了个冷战。

张柠说："可是那天晚上，我爸爸还是报了警，警察们跟随着我爸爸隐藏在后，李明军把我用绳子捆上，嘴里还塞上一块毛巾，跟电影里一模一样，按指定的时间和地点，我爸爸和我妈妈来了。"

"可是，当我妈妈抱着一大包钱来救我的时候，我看见她在这一夜之间竟然苍老得让我险些认不出来，她哭着喊着我的名字，求李明军把我放开，她说这包里有 20 万元钱，都让他拿去。说完她晕倒在地上。"

这个 14 岁的男孩子说到这儿的时候竟然哭了起来，然后他说："我想妈妈，我想家。"李明军眼神呆呆地看着地面。他的性格要比张柠要更强硬些，虽然年龄比张柠小一岁，但看去他更成熟一些。

我说："李明军你不想家吗？不想妈妈吗？"

过一会儿，李明军这个强硬的男孩子也开始抽泣："我错了，我对不起张柠的家长，走上犯罪道路都是由于我自控能力差，平时太讲哥们义气，贪钱财，受港台片中黑社会的影响，中毒太深，使自己难以自拔。我发誓，出去之后，一定会重新做人。"

我的同学告诉我，李明军的妈妈在他很小的时候就得病去世了，他爸爸后来又再婚，李明军一直在亲属家这呆几天那呆几天的，这不，上了初中，就送到职业学校，这里可寄读。他自己说在学校"老大"没少照顾他，使他在 A 帮里有了一席之地，他也没少花张柠的钱，他说他是知恩必报的人，看着有人反对"老大"，那还得了？于是，就大打出手，结果把人打伤之后，就想出了这出假绑架的招数来骗钱，走上了犯罪的道路。看着眼前这两个未成年的初中生，说他们的想法幼稚吧，但是他们的犯罪形式又非常成人化。他们受港台一些力影片的影响，学着黑社会的一些行为，觉得自己就是"老大"，无所不能，可以行走天下。

谈起黑社会，人们只知在港台枪匪片中看到的那些杀人不眨眼、抢钱抢物、流着长发、戴着墨镜、语言粗俗、奸诈阴险、贪图享乐的下流人群。在现实生活中，居然也有一些青少年受到了港台片的不良影响，他们拉帮结派，论哥儿们义气，玩起黑社会的游戏，对社会造成了重大的危害。李明军和张柠就是一例。

我们应该对法律专家进行呼吁：让爱心扶孩子们上岸。

我们更应该呼吁学校及家庭多给孩子一些温暖。

我们都清楚地知道，中学生在 14 岁至 18 岁这个年龄段中，正是青少年成长的重要年龄段，这时社会对他们影响比较大，比如录像厅里播放的那些不健康的影片以及个体书摊上的黄色书籍等宣传品。这些黑社会文化浸入了他们的思想机体。从少年犯罪的案件看，未成年人身上暴露出一个共性问题，这就是未成年人都很崇拜他们的老大，即使已进入铁窗，还念念不忘老大的恩德，就反映了黑社会意识对他们的渗透之深、影响之大。

另外，他们得不到家庭的温暖，他们在人群中孤独，使他们从孤独走向迷惘，从迷惘走向犯罪。要从根本上制止青少年犯罪，就要重视家庭教育，法律教育，正确引导中学生们确立人生观及价值观。

那么就请父母们与社会同中学生心贴心地交流，多给他们一点爱，让爱心使他们健康地成长。

李明军和张柠期待着我能做些什么：我只能跟他们说，我永远是你们的朋友，你们的阿姨，我会以我个人的能力向社会各界呼吁，让中学生成长的环境干净起来，减少那些污秽的东西侵蚀中学生的心灵，让肮脏的东西远离校园。一个人受点挫折不算什么，我相信你们都是好孩子，跌倒了又有什么呢？在跌倒的地方爬起来才是男子汉。同时我相信：李明军和张柠通过这次的教育，一定会重新开始，做一个出色的中学生。

善良的是美好的

时　　间： 2001 年 5 月

地　　点： 编辑部

采访对象： 初一学生　柳东东　邵岩

　　在生活中，我们时常会遇到好心的人，会被他人的善良行为感动，觉得同情别人，帮助别人，是一件美好的事情。因为，行善既让自己快乐，也让别人温暖。但也常常会见到或听到别人说起恶人做的骇人听闻的坏事，禁不住会对人性失望，觉得生活中处处充满恐怖和伤害，缺乏安全和温暖。

　　当然，生活中既有好人，也有坏人，既有让人高兴的事情，也有让人失望的事情。但，问题是人们往往倾向于心平气和地接受那些令人痛心的现象。这与其说大度，不如说麻木；没有对于善的快乐，没有对于恶的愤怒，这简直比麻木还可怕。让我认识到这问题的严重性，并且深入地思考这一问题的，是我的两位中学生朋友。一个叫柳东东，另一个叫邵岩。

　　他们俩是某校初一年级的学生，赶上双休日，来到编辑部找我，一般的双休日我都来编辑部，或与中学生们聊天，或处理一些信件，还要编发一些稿件。今天柳东东和邵岩约好了，我们一起来编辑部聊聊学校里出现的一些不正常的社会现象。报纸每天的大量新闻都是报导某某地方出现了抢劫、某某地方有人跳楼、某某地方打架斗殴。这纷扰而缺乏安全感的社会环境，给孩子们的心理造成了很大的压力，就连上初中的学生还要家长接送，难道这不能让人沉思吗？

柳东东和邵岩都是爱思考的中学生，他们曾多次给我写信谈及社会上的一些现象，比如说"公益活动的背后"、"帮助贫困学生只在意形式"、"道德与不道德的差别"、"善良的是美好的"等问题。

柳东东问我："现在的社会上为什么坏人总是比好人多？我每天从报纸上、电视上，看到的那悲惨的案件让我觉得压抑，绝望。"

说这话，他显得很沉重，一点都没有初一年级孩子那种活泼可爱的神情，有的倒是满脸的忧郁。于是，他给我讲起了他身边一个高中同学的事，这件事后来轰动了全国，是一个骇人听闻的大案。

柳东东说："朱老师。您听说了我们学校小红同学那件事了吗？她在学校里特别优秀，平时也乐于助人。她出事的那一天早晨，正是上学的时间，她下了楼后，看见楼门口处有三个人在修车，这时，有一个人见小红出来，就请她帮忙把放在地上的工具递过来，小红什么都没想，弯下腰来拿工具。就在这时，事情发生了。假扮"司机"的歹徒，乘小红低头的时候打昏了她，然后把她塞进车里他们绑架了小红，小红被绑架之后，她的家人及学校的老师和同学都很着急。在公安局的配合下，在郊外的破旧建筑物中找到了昏迷两天的小红。她的衣服被撕破了，脸上也都是血印。经医生治疗后她醒了，她说出的第一句话是：'我不想活了，我没脸再见父母和同学，我再也不想看到社会上这肮脏的一幕了。'"柳东东讲到这时已经泣不成声，我也同样是非常难受。一个初中女孩，就这样被社会上的流氓给糟踏了，哪里还有温暖的阳光呢！

他又说："人凶恶、残忍到这个地步，真是可怕。这会让我们不会相信任何人。更不会去帮助真正有困难的人。我们的家长总是告诉我们，在外面不要与陌生人讲话，不要给人带路，更不要帮助别人，因为我们还没有能力识别好人和坏人。难道人和人之间都要互相提防、保持距离、没有人再敢帮助陌生的人吗？"

他说："我妈妈说得更严重，她每天再三叮嘱我：不要跟陌生人说话，无论他问你什么问题，都不需要回答。朱老师，您告诉我，不知道该不该听妈妈的话？坏人真的就那么多吗？就没有办法让坏人少一些吗？"

邵岩则提出了另一个问题："前几天，我去爸爸的公司参加了一个救助贫困学生的典礼仪式，他们的这个举动让我感动，可是，当我了解到这项活动的真正'意义'时，却又为此感到悲哀。事情是这样的，听爸爸说他们要救助几个上不起大学和中学的贫困学生，共拿出 5 万元钱，然后在广场上搞一个文艺演出，出钱请来听说是很有名的歌手来唱《爱的奉献》，还请来各大报社、电台、电视台的记者们，活动搞得非常热烈也非常成功。到结算时，活动宣传费、演员记者的红包要花掉十几万元。我不解地问爸爸，即然做善事，为什么要这样浪费呢，把那十几万元都给学生，能多让一些求知的孩子来读书和升学。你说呢？朱老师。这不是好心办坏事吗？"

柳东东和邵岩提出的问题确实很不好回答。说"坏人比好人多"过于悲观，说"好人比坏人多"又过于乐观，我们也许应该像杨绛先生在《干校六记》中那样来表达这个意思："与其说好人多，不如希望坏人少一些。"报纸上的新闻、电视里的报道，确实让人痛心。他讲的那个中学生小红的遭遇，我也听说过，心里难受了很长时间。是的，像这样的惨剧，确实容易在人的心灵上投下浓重的阴影，让人对人性善的一面持怀疑的态度。

但是，我们还是要坚信善的存在，坚信善的力量和价值。退一步讲，即使这世界是没有了善良，我们也要创造出善来。没有善良心肠的人，不是真正的人；没有善良的温暖的生活，不是真正的生活。善良是健全人性的基本性质，是评价一个人的基本尺度。没有善良的地方，就不会有美好的生活，就像没有太阳的照耀，就不会有真正光明的世界一样。

而且，还要明白这样一个道理，善良从来都是存在于同邪恶对抗的过程中的。没有与邪恶的对照，就显示不出善良的价值，因此，从这个意义上说，没有邪恶，就没有善良，就像没有黑暗，没有光明一样，所以，我们一定要坚信对于善良的信念，要坚信善终将战胜恶。更何况所有的幸福和快乐都基源于善，人的不幸和痛苦也大都是因为恶，趋善即是趋利，避恶即是避害，因此趋利从善、避害远恶是人性之常情。培根说："爱人的习惯我叫做'善'，其天然的倾向则叫做'性善'。这在一切德性及精神的品格中是最伟大的；它是上帝的特性，并且如没有这种德性，人就成为一种忙碌的，为害的，卑贱不堪的东西，比一种虫豸好不了许多。……过度的求权力的欲望使天神堕落；过度的求知识的欲望使人类堕落；但是在'仁爱'之中却是没有过度的情形的；无论神或人，也都不会因它而受危险的。"（《培根论说文集》，商务印书馆，1986 年版，第 43 页）培根把善对于人类生活的意义和价值，说得既精辟又准确。

然而，善却不是一种轻易可以获得的内在品质。它是需要学习的，甚至，需要不断的苦苦努力，人才可以达到对于善的伦理自觉。这正像艾特玛托夫一篇小说中的母亲所讲的那样："善不是可以随手捡到的东西，单凭偶然的机会是拿不到它的，人向人学习善良。"艾特玛托夫说："长期以来，我把这句话记在心里。过了许多年，如今，我仍旧坚信这些议论是正确的，人们的情感是一贯的。人的善良必须加以培养，这是一切人、每一代人的共同职责。"（《苏联文学与人道主义》，作家出版社，1963 年版，第 229 页）是的，善良是需要学习的，需要培养的，只有一代又一代人的不断地积累人们保护善良的经验，不断地坚定对于善良的信念，人们才能过上健康美好的生活，因为。善良的是美好的，而美好的也必然是善良的。

一片金黄色的油菜花

时　　间：2001 年 3 月

地　　点：永宁阁

采访对象：某师大附中初一学生　朱宜芝　小强

　　朱宜芝是一位作家朋友的女儿，我见到她，是在永宁阁的院子里。

　　永宁阁的院子不算很大，但是这里好似花园，假山、竹林、草坪、鱼塘、小桥、流水、人家。泡上一杯绿茶，拿上一本书，坐在院子里，室内不时传出来自瑞典班德瑞的音乐——神秘园。

　　打开院子的大门，那一片近乎广袤的油菜花正盛开着，金黄，金黄的。

　　坐在一边的小女孩朱宜芝，静静听着大人们的高谈阔论。

　　我走过去，问她："你能听懂吗？"

　　她说："能。我爸爸经常带我到这儿来，很小很小就跟着爸爸来，那时候我就知道鲁迅，知道《静静的顿河》还有《日瓦格医生》。有一次他们说起鲁迅时，意见不统一，一位叔叔还摔了水杯，那是因为另一个叔叔说鲁迅对爱不负责任，叔叔就生气了，可把我吓坏了。"

　　在这样的环境里成长，朱宜芝会比同年龄的孩子成熟得多。

　　"你的同学知道鲁迅吗？"我问。

　　她说："他们只知道鲁迅的名字。"

　　看着这个 12 岁的女孩子，我担心，她在这样环境里长大，会不会过早地成熟，过早承受精神上痛苦？大人们的一些情绪会不会过早地影响到她的心理？我的担心是多余的。朱宜芝告诉我，这种心理上的成熟对她的成长大有好处，有助于她清楚地分辨是非，树立正确的人生观和价值观。她说，我会自己约束自己，做一个有爱心、品质好的孩子。

要想做一个有爱心、品质好的孩子并不容易，如今，家长们普遍有一种不安感。那就是，社会每天都在发生变化，我们的孩子每天也在变化，他们以不同的方式在向这个社会传达着各种各样的信息。日益棘手的道德问题——从贪污到暴力，从赌博到吸毒，从看黄色录像到谈恋爱，这些消极的现象都会对孩子们的成长产生不利的影响，如果再认识不到道德教育的重要性，那后果将是不堪设想的。因此，应该呼吁社会和学校：承担起道德教育的责任吧！

这时小强来了，他是朱宜芝的同学，快言快语，我们相互认识了之后，他听说我在写《与中学生对话》的书，他问我："出租车司机的事您写不写？"他的话问得我不知头脑。

小强的爸爸也是很有名气的评论家，在当地还当一个不小的官，但是他没扔掉文化人的那种"较劲"的脾气，对什么看不习惯的事总要说上两句写上几笔。他的儿子小强更是犟，也总爱提一些别人认为是尖端的话题。

他说："朱阿姨，我曾经对一些出租车司机做过一个调查，如果在您的车上拾到钱物是否归还失主？是否上交给交警大队？您猜结果怎样？"

他神秘兮兮地笑着。这么一个淘气小子竟然在搞社会调查。看看他的调查结果吧——

有43%的司机说不归还；26%的司机说把东西归还，钱留下；有7%的司机要好处费；有13%的司机会给失主打电话等待奖赏；有11%的司机分文不要物归原主。

小强的调查比例不一定权威更不一定准确，但是可以肯定地说，现在的社会风气就是这样，我也曾问过一些出租车司机，他们更说出了种种拾到钱物不还失主的原因。

有一位司机说："一次在他的车上拾到了一个皮包，里面装着护照和一些合同，他按照上面的地址送还失主时，却被失主打得鼻口流血，失主说我偷看了他的商业机密。那上面有与外商协定的两千万的合同。我气得没处说理去，要是知道他这样缺德，我还不如扔到厕所里算了，我是看着重要才给送回去的，我根本就没想要什么好处。缺德呀！"

还有一个司机是这样说的："拾到了东西为什么要还？他自己都不当回事，再说，他们有的是钱，辛苦一天才挣几个钱，这还不够他们的一盘菜钱呢！他们花着公家的钱，大吃海喝，贪污腐败，与其让他们糟踏，还不如让我留下来用到应该用的地方。"

不良的社会现象每时每刻都在侵蚀着我们的孩子。告诉我们的孩子应该做高尚的人，有道德感的人，正如亚里斯多德指出的那样："人不会天生或自动变成道德高尚或聪明能干。"他们之所以能成为对社会有贡献的人，完全是而且只能是其自己与社会共同努力的结果。学校和社会面临的最大挑战就是：让学生了解做人的基本品质、底线伦理和这个社会所必须的价值观念。一个道德的社会是不会随意产生的。它需要父母、教育和社会各界的人士共同努力。

朱宜芝沉默了好一阵子才开始说话："朱阿姨，我们现在的中学生没有信仰，整天非常盲目地崇拜一些歌星影星，崇拜名牌服装，趣味不高。再一点就是对什么都不信任，包括父母和老师。"小强也同意这一点。

与朱宜芝和小强聊天之后，我的情绪一下子变得沉重起来。这么小的孩子本应该是天真烂漫的年华，像那片金黄的油菜花一样生机勃勃，然而。他们的心里却背负着如此沉重的压力。

朱宜芝和小强说起了学校要开运动会的事，他们拉着我一起到油菜地里去跳远。我告诉他们，我中学的时候可是运动员，于是我们就比起跳远来。

深夜，很久不能入睡。当我翻一本《回家的路有多远》散文集时，其中那篇题为《在黑暗中点一盏灯》的文章，让我读过之后想了很多。

在黑暗中点一盏灯

人在黑暗中行走，必须点燃一盏灯，以照亮前行的路。人在这世界上行走，必须信点什么；什么不信，犹如走在漆黑的夜里，什么也不见，没有来路也没去路。

信仰是灯，是照亮人心的灯。人只有信点什么，才知道该干什么，不干什么，也才有奔走的目标。

人必须信点什么。必须。

信。或者信神。神其实是人的光辉，是至真、至善与至美。神是完美的人。

我相信神，是因为我相信有至真至纯的人，有至善至仁的人，至美至情的人。至真至纯的人，有至善至仁的人，至美至情的人，必定具有神性。神者，神也。人的好品质伸展而达到极致，必然接近神，必须与神相通。

人是通过信人而信神的。信人是一切信仰的基础。没有信仰，对世界上一切都不信的人，其实是不相信人，不相信世上有至真至纯的人，不相信有至善至仁，不相信有至美至情，不相信人有好心，不相信有好心人。丧失信仰的人，究其根源，差不多都受过人的伤害。伤害使其失望。对人失望至极，最终导致不信一切。

没有信仰的人眼前是一片黑暗，他看不到光，他终其一生都孤独地行走在黑暗之中。这样的人对一切都是无所谓的。他没有什么信条，他的行为没有规则，他什么都敢做。仿佛出没于夜色中的狼一样，没有信仰的人或者孤独地奔走于荒野之中，或者成为人类的敌人。

因此，信仰对人来说至关重要。

哪怕只信一个人，或者，这个世界上只有一个人可信，都会成为信念中的一个极为重要的支撑。犹如一点星星之火，虽然黯弱，但在黑夜之中，就显得特别亮。就会使心不至于因寒冷彻骨而冻僵。

我的朋友，我常常思考这个问题。每想到此，我就告诉自己，对你，我的朋友，我一定要品行端正，我决不能伤害你，无论我走多远，无论我处在什么境地。

而你，我的朋友，你是恒久照耀我的一盏明亮的灯啊！无论我走多远，无论我怎样孤身一人，每当我回头时，遥远的天际总是一盏亮亮的灯，我知道，那就是你。

无论夜色多么浓重，我只要抬头，我只要注目眺望，我就看到一盏明亮的灯。犹如行进中看到天上的北斗，看着它远远地闪烁，我的心就会沉静下来，感到踏实，我就知道，我该向哪里走，我还应该干些什么。

读完了这篇作品，我的脑海中浮现出一片一望无际的金黄色的油菜花，充满蓬勃和生机那一片平静、至美至善的色彩，有如许许多多晾晒在阳光下的金子般的心，那一个个小小的心怀里珍藏着多少美好的畅想啊！金黄色的油菜花，成长中的油菜花，它们在大地上铺展着欢乐和幸福，愉快地伸展着还很稚嫩的腰身，掬捧出亲切感人的香气，还有什么能比这更让人心怡呢。我突然想到，这些小小的可爱的精灵们，可千万别受到意想不到的伤害呀。你看，蜜蜂和蝴蝶正款款地飞来飞去，这是一片让人产生希望和美好想象的风景。

我要把这篇《在黑暗中点一盏灯》推荐给朱宜芝和她的同学，因为，我知道，他们都需要一盏灯，都渴望看到象征着希望和生机的金黄色的油菜花。

人生是欢乐和美丽的

时　　间：2000 年 5 月
地　　点：编辑部
采访对象：王　汪

　　来到编辑部，处理作者及同学们的来信时，王汪的名字映入我的眼帘——

朱老师：

　　您好。

　　我叫王汪，今年上初中一年级。我是上了初中之后，苦恼的事一件接一件地向我袭来，我说的主要是学习上的事。在小学时，我是一个属于天性活泼爱自由发挥的那种孩子，从小到大，家里从来也没强迫我参加社会上办的任何学习班，让我凭自己兴趣发展。

　　我画画很好，作文也很好，数学和英语也参加过竞赛。我觉得我还不笨。可是到了中学，老师要求我们一切都要听她的，比如作文的思路，回答问题的方式，都要按她的标准来要求。

　　我喜欢异想天开，运算方式常常和老师教给我们的不一样，虽然结果是一样的，但这都不行。我的美术课，竟然不及格，老师不允许在上面画多余的东西，可是我没忍住，创作出了一幅画，把老师给气坏了，结果可想而知。

　　哎，我真想退学，回家里自学也好。

我的这篇日记，我写的时候都流泪了，分数只得了一个良下。朱老师，我把这篇作文也寄给您，您给批一下好吗？

读着王汪同学的来信，我想这又是一个有一个有个性的孩子，我喜欢他的这种个性。我想起了达尔文。达尔文小的时候就是与众不同的，他学习不如其他人，读过的书很快就会忘掉，是一个令老师头疼的学生，也是常常被人误解的学生。但是在其他方面他的兴趣却异常广泛，最后，成为世界上伟大的科学。

我看了王汪寄来的这篇日记，这个喜欢自由想象的孩子竟然这么细腻地体会着人生，让我们一起来读一读他的日记。

人生是美丽的

人生是美丽的。

今天，我看了一部让人振奋、让人感动、又给人鼓舞的影片《美丽人生》。它讲的是一个发生在二战时期的一个爱情故事。在意大利的一个美好家庭里，一家三口过着平凡的生活。突然有一天，他们却被纳粹送到了集中营，本来，妈妈可以不去，因为她不是犹太人。为了爱，为了与亲人团聚她选择了去集中营。在去集中营的途中，父亲告诉儿子，他们去做游戏，如果爸爸赢了，就会有一辆坦克车送给儿子，他告诉儿子不要乱跑，不要说话，那样爸爸就能得最高的分数。在整天的苦役中，父亲拖着疲惫的身体回到住的地方，看着儿子那充满期待的眼睛，儿子企盼的是希望。他是想借用这种方式，把残酷的生活变成一场游戏，从而避免让孩子的心灵受到伤害。

有一个镜头是这样的，父亲在路边做活，儿子偷偷地跑出来，正好看到父亲在扛很重的铁，他问父亲"你在干什么？"父亲一时不知如何回答，他急中生智："我在给你做坦克，你快回去，如果让他们看见了你，就会扣分的，这样别人就会先得到坦克，快，快回去！"父亲知道，如果让纳粹发现了孩子，当场就会打死的，看着孩子远去的背影，父亲出了一身冷汗。多么善良的父亲啊，为了不让孩子看到战争，不让孩子幼小的心灵受到创伤，他一直在制造着美丽的谎言。他的儿子一直以为集中营里的一切只是一场游戏。

当儿子最后看见爸爸时，爸爸正被面临覆灭和最后失败的纳粹兵押往刑场，他知道此时儿子正躲在一个箱子后面看着他，因此，为了给儿子一种游戏在继续的感觉，他迈着夸张的步伐唱着歌走向了死亡。

终于，战争结束了，一辆真的美国坦克开了过来，他被盟军战士抱到坦克上，他得到了一辆真的坦克。他找到了妈妈。

人生真是美丽的。它是因为爱，因为勇敢，因为智慧，才如此美丽，如此让人感动。

这是一篇多么好的观后感，就算是没看过影片的人也会为王汪的描述所感动，从作品中他体会到了人世间的真善美，语文老师对这样的文章应该给予很高的评价才是。以死板教条的标准来要求，就是鲁迅、托尔斯泰的作文也得不了高分，甚至会不及格。因为在有的人看来他们写的文章思想不进步，对人生的理解过于灰暗吧？

现在的教育提倡学生要有正确的人生观和人生价值，那标准又是怎样呢？记得我上中学时，作文分数总是不高，我挺委屈。老师说我的文笔不错，就是立意不高，是太多个人情感在里边，没有突出主题和理想。那时的中学生作文要有中心思想，要么赞扬社会新风尚，要么批评腐朽的社会风气，反正主题要明确。我也曾按老师的要求去做了，作文分数是提高了，可是我觉得真诚的情感没有了，内容越来越虚伪。

即便是今天，仍有许多虚伪的文章流传于世，连一些有名气的作家也难免虚伪，当然有名气不等于没有虚伪，虚伪有时会随身而来的。可是，我们不能让孩子们一开始就学会虚伪，甚至学会营造虚伪的手艺，不能让他们学做伪感情的文章，那样的后果是不堪设想的。

二十几年过去了，同样的事情却又在王汪的身上发生，这难道不是悲剧吗？

电影《美丽人生》中充满着悲剧色彩，但它的结尾却充满欢乐和笑声。希望孩子们都能从学校里体验到生活的欢乐，感受到人生的美丽。

师生之间

一个爱上了老师的男孩

时　　间：2001 年 2 月初
地　　点：我的家里
采访对象：麦克

　　麦克这名字是我送他的。他跟我说千万不要说出他的真名，那样同学们知道了会让他难为情的，于是我尊重了他的意见。

　　麦克是我儿子的同学，初三这一年他已经长成了一个很帅气的小伙子，无论在学习上还是其他方面他都很优秀，说起话来落落大方。他经常来我家里玩，跟我也就熟了起来。慢慢地我发现，麦克心中暗藏着一个小秘密，他喜欢上了他的班主任语文老师。

　　在我和麦克的聊天中，我直截了当地问了他。他毕竟还是孩子，他还没有学会撒谎，他只是红着脸低着头给我讲述了他的真实心理。

　　"阿姨我可要说实话了，你可别笑我。我也不知道这种情绪是对还是错。有时让我很害怕，很紧张，我怕我是真的爱上 G 老师了，长这么大我还没有体验过爱呢，也不知道什么样的东西才是爱。阿姨你说这是初恋吗？书上说人最美好的就是初恋，这算不算？这种感觉很幸福又太难受。有时一阵阵地心慌，说不出来的感觉。我读过很多名人写初恋的作品，用来判断我的心理，但是我还拿不准。"

　　"我喜欢 G 老师是在那节古诗词欣赏课上。当 G 老师很动情地背诵了张若虚的《春江花月夜》之后，我就被她的一举一动给迷住了。其实说不上是什么感觉，反正从那以后她的形象，她的声音，总是在我眼前和耳边出现。在这以前的两年多时间里，我还真没有很认真地注意过

G 老师。她真是太美了，她还喜欢用那细细的手指打着节拍，她的手指又白又长，她喜欢红色围巾。她长长的头发，大大的眼睛，长长的睫毛，看上去是那样有神。虽然个子很小，却很玲珑。不对不对，我记得自己初中刚入学时她是高个子。她还说我们都是她的孩子，在这三年时间里要好好照看我们。现在想来，她实在是太年轻了，怎么可以说这样的话，充其量她就是我们的大姐姐。"

我本没有打断他的意思，他说到这，自己先笑了起来。

"这两年是你长大了也长高了。"我说。他似乎没听见我的话，自言自语地背起诗来。他也用自己的手指打着节拍，学着 G 老师的样子。

不知江月等何人，
但见长江送水流。
白云一片去悠悠，
青枫浦上不胜愁。
谁家今夜扁舟子，
何处相思明月楼。
可怜楼上月徘徊，
应照离人妆镜台。
……

"阿姨你听这诗句这节奏多么美妙动人，G 老师就是这样背诵的。每当朗诵诗的时候她就在教室里走来走去，她从来不拿教材，她几乎把所有要教给我们学习的诗和一些课文都能背下来，一字不错。那才叫酷呢！"

"我的语文成绩飞速提高，这都跟她有关系。我想让她注意我，也想让其他的同学高看我，从那以后，回到家里我先预习和背诵语文课。G 老师的面容总是出现在我的眼前，那双手总是在我眼前晃来晃去的。上语文课时我抢先举手发言，当 G 老师叫我回答问题的时候，我的脑子却一片空白，什么也答不上来，脸就会刷地一下红起来，引得同学们哄堂大笑。在不算长的时间里，G 老师真的开始注意上我了，经常让我回答问题，在语文课上我的表现就格外突出。我多么希望学校把所有的课程都变成语文课。那样我每时每刻都可以见到她，都可以听到她的声音。可是，每当 G 老师走到我的跟前时，我却不敢抬起头来，更不敢与她的眼睛对视。"

"就是前几天，我们班级召开迎接新世纪联欢会，G 老师让我领诵，把我激动得几乎一夜没睡。那天我早早起来，校服里边穿好一件白衬衫来到了学校。我们在做着演出前的准备工作，G 老师也忙碌着。这时 G 老师走过来给我弄弄衣领，并拍拍我的肩：'你真棒，为班级好好表现。'那一时刻我的心都要跳了出来，觉得全身的血液都涌到了脸上。她那手还在我肩上拍了拍。我怕 G 老师看出我的不自然，马上转过脸去。幸好 G 老师还有好多同学要嘱咐，她走开了。我希望她没看见我的异常的反应。"

"那一次的领诵特别成功。"

"还有一个学期我将升入高中，那时我就会离开 G 老师，想到这……"

看着麦克很伤感的样子，我不想劝说什么。我希望他继续讲下去，其实他自己也知道他的感觉很朦胧。只是感觉而已。这时他的眼睛突然睁大了，情绪也高昂起来。

他说："阿姨我求你帮我出个主意，在情人节这天，我给 G 老师送点礼物好吗？"

我说："送什么礼物？"

他自言自语，送鲜花不合适，送水果也不合适，送……

我告诉麦克："你是一个非常有个性而细腻的孩子，你的这种心理也是正常的。你要珍惜这种感觉。你的这种感觉很复杂，这其中有对母亲的爱，对师长的爱，也包括对女性的爱，你尽可以享受这种美好的感受。这种美好的感受将来会成为温馨、美好的回忆。"

……

2 月 14 日这一天早晨，麦克鼓足了勇气来到了 G 老师的家里。他把一份精美的礼物送给了老师。这是麦克昨晚用了很多时间，抄写了几遍才完成的书法《春江花月夜》，他认为这是送给G老师最好的一份礼物

这一天的早晨，麦克早早地来到了学校，他掩饰着自己内心的冲动，掩饰着无比兴奋的激情，在同学们还没到齐的时候，他悄悄地来到了老师的教研室门前。他看见教研室里已经来了几个老师，G老师也在，他们正在高声谈论着关于情人节这一天谁会收到最多的礼物。其他的几位老师都说："肯定是G老师啦，因为她长得最漂亮。"G老师竟然说："但愿会是这样。"

G老师开门走了出来，与麦克撞了个满怀。"麦克，你找我吗?"

麦克有些不知所措："G老师，是找你。啊，不，没什么事，我刚好走在这儿。"

G老师说："大冷的天，你的头上怎么出了这么多的汗，快回教室去，别感冒。"

"G老师，这是我送您的礼物。"说着，他把东西塞到老师的手里，转身快步地跑回了教室。

G老师接过麦克的礼物，在门外迟疑了一会儿，脸一下子就红了起来。这时有其他老师从她身边走过。她理解麦克的心意，她在心里说："麦克长大了。"

上课了。语文课。

麦克看到老师对他的感觉跟对其他同学没有任何两样，他的心也随之石头落地一样，感到轻松又很失望。

他从此发誓要好好考上一个好的高中好的大学，到时我再来见G老师。G老师你永远不会知道，你在我心目中有多么重要。

他记住了，那一天是情人节。

一个16岁的孩子向他的老师表达了一种朦胧的情感。

不知乘月几人归，
落月摇情满江树。

麦克的故事讲完了。我被这个男孩子的情绪感染着。十三四岁的年龄就是这么灿烂，想一想我们每个人都有过美好的回忆，那种回忆被当时的大人们称之为"犯罪"，而这种"犯罪"，一代又一代接续着，永远不会停止的。

　　这是美丽而值得的"犯罪"。

　　但要掌握好"犯罪"的分寸。

突然，一声长长的脆响

时　　间：2001 年 3 月初
地　　点：刘老师办公室
采访对象：刘老师

　　下面这段文字不是采访中的全部内容。因为我实在无法理清老师和学生之间蕴涵着的情感到底是师生之情、朋友之情还是母子之情。作为一名初一年级的老师，实在是太不容易了。这些刚从小学升入初中的孩子们正处在一个从小学向中学过渡的时期。对他们松不行，紧不行，哄不行，骂不行，打更不行。而刘老师却把这六十几个孩子管理得服服帖帖。

　　刘老师虽然年轻，在教学上可是有经验着呢。可是这会儿，她的学生张昊正在跟刘老师赌气呢。面对着这两位师生，我不知道从哪里聊起。看样子她们还是对关于"侵犯人权"的问题在争论，都在气头上，都认为自己有理。我本想找些轻松愉快些的活题，打破这一沉默的场面，但一时又很难找到适当的话来。

　　作为一名旁听者，我把他们的故事，用小说的笔法讲给大家，也请大家做个评判。

　　语文课堂上，刘老师在绘声绘色地读着，这是柳宗元的《小石潭记》："从小丘西行二十步，隔篁竹，闻水声……"

　　"嘀嘀嘀"一个长长的脆响从第一小组的中间处发出，打断了老师的读书声。同学们都抬起头来。

刘老师只是稍稍地停顿了一下便继续她的朗读："伐竹取道，下见小潭，水尤清冽……"刘老师一边读着课文一边向第一小组的方向走去。

"嘀嘀嘀"又是一声长长的脆响。声音还是从第一组中间处发出。

这时同学中间有人开始发出猜测的声音：是江雪的。不对，是张昊的。肯定是李鑫的 BP 机响了。不对不对，是谁的 BP 机没电的声音。这下他要倒霉喽。那玩艺也真不给他面子。这下完蛋了，老师冲张昊去了。瞬间，课堂上死一般地寂静。

刘老师真不愧为优秀教师，她的脸上没有怒气，声音还是那样甜美悦耳，她继续着她的教学："潭中鱼可百许头，皆若空游无所依……"这时的刘老师已经走到了张昊与李鑫附近。

突然，那个不争气的 BP 机又响起了长长的一声"嘀嘀嘀"。

刘老师："还会让它第四次第五次响起吗？"

没有人说话，当然更不会有人承认。这时的刘老师真的开始生气了。她一把抓住张昊的衣服，随着一声尖叫"你给我站起来，把双手举起来。"这突然袭击的举动把全班都震住了。张昊迟缓了一下，脸上没有表现出惊慌，这实在与他 13 岁的年龄不符合，但当时的确是这样的场面。

张昊慢慢站起后，把双手举过头，老师从他的腰间取下了 BP 机。他说："不是我的响，你为什么搜我的身？"

刘老师："几次的声音都是从你这里发出，再说学校三番五次说学生不许带手机和 BP 机到学校来，难道你不知道吗？不是你的，你说是谁的？"张昊当然不服气，心想：打死我也不会说的。他说"你有没收 BP 机的权利，但是你不可以搜身，这是侵犯人权。老师你真冤枉我，确实不是我的响。"

刘老师又是气又想笑，面对这一群十三四岁的孩子，他们对人生的道理都是半懂不懂的，还跟我讲起法律及"侵犯"和"人权"的问题，她看着眼前的张昊，比自己高出一头的男孩子，看他那一脸认真劲，一副宁死不招，不可小视的架势，刘老师真是又爱又恨。"嘀嘀嘀"它响的真是太及时了。这一声"嘀"就是张昊的救命草，它终于洗清了张昊的冤案。同学们开始哗然。有几个人还在下边搞起小动作，还有一些同学往书包里藏东西，有消赃灭迹现象。

最后这一声"嘀"准确地从张昊前排座位的李鑫处发出。全班的同学都在等待着看刘老师怎么处理。这时已经到了该上间操的时间了。

刘老师说："全体都站起来，举起双手，我就侵犯你们人权了，先搜出所有的 BP 机，然后你们再去起诉我好了。"结果搜出了 16 台 BP 机，这里当然还有幸免遇难的。当刘老师搜到前排座位上一个女生金子的书包时，全班男生突然哄然大笑起来。一包卫生巾从金子的书包里掉出来。这突如其来的笑声把这个女孩子吓着了，她觉得自己的自尊受到了极大的伤害。

她先是不知所措，接着便不顾老师和同学们，直冲教室的门外跑去。教室里又是一片寂静。

大多数男同学很愧疚地低下了头。

片刻间，刘老师恢复了平静，她依然用她那甜美的声音跟我们说："对不起，同学们，我的做法可能是有些过分，但是，我们这是在学校，你们的任务就是学习，BP 机是个好东西，但是它对你们不合适，告诉你们家长，有什么事就直接传呼我。"说着她在黑板上写下了她 BP 机的号码。"我们之间达成一个共识好吗？这件事仅限于我们班级知道，我绝不向学校告密。下课时你们把自己的 BP 机取回去，绝不许再带到学校。还有，下午放学时，张昊到办公室来一趟，我们聊聊好吗？再就是，我要向金子同学道歉。大家也要向她道歉。"

同学们鼓起掌来。

关于刘老师与张昊的聊天内容在此不宜详谈。

张昊很有礼貌地向我道别后走出了教研室。刘老师说张昊是个很有个性的孩子，我很喜欢张昊。像他这样的孩子如果用强制性的教育方法，可能就会起到相反的效果。在尊重他个性的同时，更要正确引导，这样才能使他进步和成长。她还说育人需要漫长的时间，教育体制改革更需要时间。请社会上更多的人帮助我们，共同努力把教育办好。

让阳光拨响心灵的琴弦

时　　间：开学初
地　　点：周研家
采访对象：初三学生　周研

　　一张白纸，可画出最新最美的图画。而健健康康降生于人世的，每一个天真无邪、可爱活泼的孩子何尝不是一张白纸、一张可画出最新最美图画的白纸？

　　遗憾的是，在目前，教育的理论是一回事，而教育理论的实践却是另外一回事。这个以分数论英雄的时代，使多少中学生承受着心理上和精神上的压力。种种的压力来自学校、家庭及社会。学校为了提高升学率，把学生分成尖子班和普通班，分成好学生和差学生。

　　"什么是差生？这种划分本身就是错误的！没有差的学生，只有差的老师！"这是一位叫李圣珍老师说的话。

　　周研下面要讲述的是她自己的经历，她说要不是遇上了现在的班主任杨老师，说不定我就真的变为了"差生"，随之也会学坏了。

　　"妈妈说，我小时候是一个天真、活泼的小姑娘。从幼儿园到小学的这一段日子里，是我一生中最快乐的时光。那时的我，喜欢弹琴唱歌跳舞朗诵，学习也很好，老师们都很喜欢我。

　　可是，那快乐的日子却永远也不会再有了……"

　　周研说到这儿，停了下来。我看见她的眼神突然暗淡下来，眼泪也随之流了出来。我把纸巾递给她。她接过纸巾并没有去擦那伤心的泪水，那就让它尽情地流吧。一个 16 岁的女孩子，还能承受多大的悲伤呢？

　　"就在我上初中一年级的时候，这幕人生的悲剧终于降临在我的身上。自从升入初中的那天起，爸爸就总是对我说，如果期末考试我能在班级排前 10 名，他就奖励我 1000 元，如果能在年级排前 10 名他就奖励我 5000 元，如果我能考取一个重点高中，他就奖励我 1 万元。"

　　多么诱人的数字呀！

　　"为了让爸爸和妈妈满意，我每天起早贪黑地背呀写呀，我几乎成了机器人。每一次大大小小的考试，都会让我紧张得整夜不能睡觉，整夜做噩梦，生怕考试分数不好让老师和家长不高兴。这样一来事得其反，我的成绩在不断地下降，期末考试数学竟然不及格。"

　　"期末，老师总结考试情况，我不敢抬头看老师，偏偏老师又叫我的名字。可能是她已叫了好多遍了，当时我隐隐约约听见是叫我，那声音特别特别的小。我朝左右看看，大家都在笑我。我不知道发生了什么事，只觉得耳朵只能听到小小的一点声音。这时老师已经走到了我的跟前：'周研，你是聋还是哑？怎么像个傻子，脑子注水了？'这句话我听清了，顿时像五雷轰顶一样，呆住了。因为老师离我很近，她的声音又很大，她的这一句辱骂，真的让我变成了傻子。我一辈子都忘不掉那声音。只要一静下来，那声音就会出现：聋子、哑巴、傻子……"

　　"从那天起，我没有了自信。从那天起，同学们也开始无端地取笑我辱骂我。也就是从那天起，我真的聋了，一下子我什么都听不见了。妈妈带着我跑遍了大大小小的医院，最后医生诊断说这是'突发性耳聋'，如果及时治疗有可能恢复，但需要时间和过程。为了治疗，我耽误了一些课，学习成绩不断地下降。爸爸对我的希望算是彻底破灭了。他常常对我没有好脸色。在班级里我真的成了傻子，同学和老师对我的歧视，使我的心理压力很大，有时真想死。"

　　"刚升入初二，又进行了分班考试，毫无疑问我又分到了差班，这时候的我，经过一段时间的治疗，听力已经恢复了，但落下的课还是跟不上，同学们不理我，就连班排练大合唱也不让我参加，说我是'傻子'。那时我真的绝望了，我的心一次又一次陷进深深的黑暗中"。

"我害怕老师、怕同学、怕我爸爸，更害怕考试，只要一考试，我就会晕在课堂上。那时候我真的是走进了人生的死胡同。有谁会知道，我也有过那么多理想，可却是一次次被打击被否定，我也渴望成功，却一次次看不到希望。"

"就在我走投无路的时候，妈妈给我转了一个学校，具体说我是被妈妈'绑架'来的。我的新班主任姓杨，是北师大毕业的硕士，看上去像个大姐姐。开始时我根本没把她放在眼里，我也不听课，反正我是差生嘛。过了两个星期，杨老师把我找到家里，跟我进行了长谈。那一次，我终于被杨老师那亲切的目光所感动，因为好久没有人如此透彻地直达我的心灵深处，好久没有人了解我那自卑自尊交织在一起而无法摆脱的矛盾了。我也像杨老师敞开了心扉，把积压在心里的委屈都说了出来。"

"那以后，我的学习由最后几名排到中等位置，杨老师鼓励我：'周研，你真行，你完全可以考上一个好的高中，我们一起努力。'当时我以为听错了，因为好久没听过'你真行'这句话了。杨老师又让我参加长跑比赛，她说只要坚持跑，别停下来，就会有好成绩。结果那一次我真就拿到了一个好名次。后来我又参加竞选，当了班级的文艺委员。这一学期的开学考试，我竟然越到了班级的第 14 名。一直被打击被毁灭的自信在一点一点修补，在一点一点地建立。"

"我非常感谢杨老师对我的鼓励，再有几个月，我就要考高中了，我也不再觉得学习是件痛苦不堪的事，同时我也感受到了学习的快乐和生活的快乐。"

周研的故事讲完了，她满脸的笑容和希望，却给我带来无尽的思考。还有多少个像周研一样的中学生被视为"差生"？还有多少个"差生"因为失去了自尊而失去了更多的希望？

在中学生的校园里，老师不只是授业者，他们给学生的应该永远是希望、是真诚、是平等、是信心，是学习的乐园、快乐的天堂。

让阳光拨响心灵的琴弦。

瞬间的黑暗与光明

时　　间：2001 月年 8 月
地　　点：联合书城咖啡厅
采访对象：李老师　陈浩南

　　李铁是我大学同学，现在北京某中学担任初一年级的班主任。

　　老同学见面自然是无话不说，谈工作谈学习谈家庭谈孩子谈生活。他说最让他感动和骄傲的是他选择的职业，他非常喜欢当老师这一行，他把教过的每一个孩子都当成自己的亲生孩子一样爱护，他讲了许多班上发生的趣事。突然，他像想起一件十分重大的事一样，一拍脑袋说："这件事你一定要写到书里。"

　　这时候，李老师没经我同意就用手机开始打电话，他说你一定要见一下我的学生陈浩南，让他亲自给你讲讲那天发生的事。

　　陈浩南的遭遇确实给我的这本书又增添一个精彩而感人的故事。他告诉我他不是北京人，老家在河南商丘，在读小学六年级的时候，陈浩南的妈妈得病去世了，从此他跟着姥姥生活。也就是两年前，舅舅博士毕业后分到北京的一家单位工作，他就跟着舅舅住。

　　陈浩南简单地向我介绍着他自己，他说："我每周的周六和周日都来这里读书，现在书太贵了，我没有钱，就经常来到新华书店读书。从早晨到晚上一天都不觉得饿，两年多的时间里我读了很多名著。"

　　"可是我永远忘不掉上个星期日那一幕。那一天我又像往常那样来到这里，我找到了《梅里美的小说选》，读着《马里奥·法尔哥尼》，我为小说中的情节而感动着。突然，我的眼前出现一片黑暗，书店里此时死一样的寂静。大概有几秒钟或者几十秒钟的时间，有人在说：是停电了。也就在这时，我的手下意识地把书放进了怀里。也就是几秒或者几十秒的时间，电灯又亮了起来。而我的手依然放在衣服口袋里一动不动。

"我没偷书！朱老师您相信我吗？"

我用力地点着头，示意他讲下去。

他说："就在那灯光重新亮起的时候，我看见一个服务员和一个穿警察服装的男人向我走来。我意识到他们开始怀疑我在偷书。我真的没有偷书。可是那个服务员不相信我，把我带到了书店的保安室。那里的人没有一个能听我解释，他们都认定我偷了书。他们还逼问我：'没偷书，为什么把书放在衣服里呢？'他们说要找我的学校，找我的班主任，那一刻，我真想死。"

"我当时想，只是因为那瞬间的黑暗，我下意识地把书放在了怀里。我正看到书中马铁奥要打死自己的亲生儿子，我的心紧张得都提到了嗓子眼儿。可是那些不读书的保安们根本不听我说。我告诉他们我是北京某中初三的学生，我的班主任叫李铁。我告诉他们这些就是想证实我没撒谎。"陈浩南转过头看了一眼李老师，那眼神中充满着谢意。

他接着说："没想到那位保安坏到了极点，我在书店的保安室时被扣了几个小时，他们让我站在一个角落里不许说话，这期间他真的通过学校找来了李铁老师。这回我可吓坏了，因为我猜不准李老师会不会相信我，我更怕因为我影响到班级的荣誉，最最害怕的是李老师从此把我认定为坏孩子。我不敢抬眼看李老师。"

李老师听完那个服务员讲完我'偷书'的经过，摸着我头跟他们说：'这本书我买了。这孩子是我班上最好的学生，品学兼优，你们怎么可以轻易就下偷的结论呢。'"

陈浩南讲到这里时，竟然流出了眼泪。

他说："是李老师让我重新找到了做人的尊严。那天，李老师买下了《梅里美的小说选》和美国前教育部长威廉·贝内特编著的《美德书》送给我。李老师在我被误解冤枉的关键时刻，帮助了我。那一次瞬间的黑暗却给我带来永恒的光明。"

陈浩南向李铁老师深深地鞠了一躬，转身跑了出去。

是的，现在的中小学教育不能仅仅着眼于知识的传授，一定要通过知识的教与学，不断地发展每一个学生的智力素质，在教育过程中把德、智、体融为一体。我们清楚地看到社会的副面教育对学生的影响极大，一些物欲的诱惑把学生引向了反面。网吧中暴力的游戏吸引着中学生们废寝忘食；港台明星的入时打扮让中学生们着迷；那些听不清楚是任何歌词的歌曲让中学生们整天哼哼呀呀唱起没完；一双名牌的球鞋要花上一千多元。所有的这些，都会对中学生的成长有正面或负面的影响。初中阶段的学生教育首先是人的品质和素质教育，这是人生的形成期，他要求他的学生诚实、正派，正直；树立远大的理想；做有丰富感情的人，因为世界本来是美好的。我来到这个世界上，不是为接受别人肮脏污秽的东西而来。

一个爱读书爱学习的孩子，却被误认为是"偷书"的那一幕，如果不是李铁老师的正义执言，那陈浩南也许就真的会永远地认为是小偷，也许从此以后他真的对自己、对社会、对所有的一切失去信任，也许他就真的变成了坏学生。"好"和"坏"是不用任何思考随意就能说出的两个字，可是这对一个正在成长过程中的中学生来说是多么重要的两个字呀。这种"好"和"坏"定义不要轻易下。只要我们都来关心教育，关心我们的下一代，让中学生们有一个真正成长的空间，让他们的身心得以健康地发展，那样我们的国家民族的素质才能得到真正意义上的提高。

征服自我

在列车上

时　　间：2001 年 8 月 7 日
地　　点：T106 次深圳——北京的列车上
采访对象：武汉某中学生　张　淳

　　坐上了深圳直达北京的火车，买了一张京九铁路的路线图，这条路可真长啊，它跨越了九省市，干线的全长有 2397 公里。坐上这列火车，要走上 25 个小时时左右才能到北京。本想在车上好好睡上一大觉，这次去深圳出差很忙，睡一个好觉是这几天梦寐以求的愿望。

　　于是我沏上一杯绿茶，拿出一本《汪曾祺文集》，准备看困了就睡。

　　文选中短篇小说《陈小手》吸引着我，这是个著名的短篇小说，小说非常短，也就 1000 字左右，却抓住了每一个人的心，看后会引发你的沉思。

　　我把书放在茶几上，静静地回味着小说中的情景。

　　这时我才注意到我的对铺上坐着一个男孩子，我判断他只有十六七岁，个子很高，但是，看他的着装和打扮，又不像是中学生。

　　一件蓝色的 T 恤，看上去牌子不错，他故意把领子竖起来，显得很酷，脚上的鞋是黑色的带红色线条的旅游鞋，上边有明显的标志，我不认识，可以肯定是一双很贵的鞋。

　　男孩子感觉到我在注意他，有些不好意思，把脚往里边挪了一下。

　　我主动与他聊天："是学校放假出来旅游吗？"

　　他说："不是。啊，是的。"

他不太想跟我说话，他的手在裤子的口袋里下意识地摸了一下，他想吸烟，又忍住了。

我说："吸烟可以到火车的连接处，那里允许的，去吧。"他感激地看了我一眼，走向了火车的接缝处。

我开始对这个男孩子感兴趣，想跟他聊聊。反正路上有的是时间。一会儿的工夫他回来了，并主动去打了一壶开水，"阿姨，您喝水吧。"

我说："谢谢你，我的茶叶比较好，你也来一杯吧?"

他满不在乎的样子看着，说："我看出了您的茶叶不错，经常有人给我姥爷送高级的茶叶。"我不爱喝那东西。我姥爷以前是省委副书记，给他送礼的人特多。"

我跟他说："能说说你自己吗? 看样子你是个初中生吧，我估计你跟我的儿子差不多大，初二还是初三?"

他说："算起来我今年应该是高二了，对，是高二，明年就应该考大学。"

"为什么应该是高二? 你现在不上学了吗?"我关切地问他。

他说："从小到大，我都被学校开除两次了。这个学校开除了就进另一个更好的学校。姥爷说我初中没念好，上高中了给我找个好学校。是封闭的那种，让学校管着我点。其实我也想好好学习，开始那阵还行，学习也挺有进步的，特别是英语进步大，我姥爷说学好了英语他就送我去美国。可是后来，第二学期，我实在忍受不了学校的伙食，总是那么几样，实在没法吃。我偷偷地带着几个同学翻过大墙，到外面的饭店里去吃。后来我的钱花光了，就跟老板说签单，等家里人来接我时就给钱。其实我也不敢跟家里说，怕挨打。我舅舅打人特狠。"

"有一天，几家饭店的老板一同找到了学校。学校又找了我姥爷，让家里把我领回去，学校说管不了我。就这样，我又被开除了。'开除'这个词是我加上的，人家学校还挺给我姥爷面子，说，你家孩子我们教育不了，还是换地方吧!"

我问他："你的爸爸妈妈为什么不管你?"

他说："别提他们。听说在我一岁多的时候他们就离婚了，还听说那个称之为我爸爸的人也是一个高干的儿子，我妈妈就更不人道了，她说看见我她就想起我爸爸，因为我跟我爸爸长得太像，就跟复印机印的一样，这让她更伤心难过，所以她不要我也不愿意看我。"

我说："所以你就一直跟着你姥爷生活吗？"

他说："我是舅舅一手带大的。我学坏也是跟着舅舅学坏的。他的做人原则是，只要会利用关系，就没有办不了的事。在我小学的时候，我舅舅带着我还有他们几个'太子帮'的哥儿们，偷人家的汽车开着玩，其实也不算偷，玩完了再给人家放回去，只是门上的锁会有一点破损。阿姨您信不信，我上小学五年级就会开车，当然是用偷来的车练的。那一回我舅舅和他们的一帮朋友又要去干坏事，不让我跟着，就给我偷来一辆政府院内的车，让我在那个操场上玩。那玩艺非常简单，也就是两个小时就开着上路，上路后不到五分钟就撞到了大树上。后来被警察抓住，送到我的学校，我被开除了。我第一次被学校开除了就是因为开汽车撞大树。"

"阿姨您为什么用那样的眼神看着我？您是老师吧？我的班主任唐老师就这样看过我，那眼神让我永远也忘不掉。她是我上初中时的班主任，我非常想念唐老师，说实话，我的一生，也就是初中阶段让我体会到当学生的幸福感，我的这一点知识也都是那时学的，以后再也不会有唐老师了。阿姨，您是老师吗？"

面对这个男孩子，我一时分析不准他的心里。他是为有这样的家庭和生活而骄傲？还是为自己失去幸福而遗憾？但可以肯定地说他的品质是好的，是家庭生活的优越感造成了他的生活方式，在他幼小的心灵深处就埋下了很深的世俗的东西，他看到的，听到的都是"大院内"的事。那种权力之争，大人们的行贿和受贿，在他眼里都是很正常的行为。小小年纪就了解所谓权力的重要。权力的异化使这个男孩丧失了正确的生活态度，养成了"衣来伸手，饭来张口"的习惯。孩子就是一张白纸，写上什么就是什么，这能怪他吗？

我告诉他我不是老师，我是一个编辑，目前我正在写一部关于中学生的书，他问我写中学生什么？我说写中学生成长过程中的一些问题。

他说："像我这样的孩子算不算是问题学生？"

我说："看起来你比一般单亲家庭里的孩子生活得优越，也就是这种环境影响了你的成长。"

他说："我不认为我成长得不好。"

我说："问题恰恰就出在这儿。你可以不考大学，但你不可以靠别人去生活，你是男子汉，你姥爷和舅舅还能管你多久？你想没想过，你目前享受和拥有的都是别人给你的。你呢？如果你一个人生活，会是怎样的呢？"

一会儿，很诚恳地说："我叫张淳，是 H 省 W 市某中学的学生（他让我别说出他学校的名字，自己的名字可以直接写张淳），在您的书里，把我的故事写出来吧。我现在非常恨我妈妈，后悔这些年我没好好学习。我这次去深圳是偷偷去的，是用我的压岁钱做的路费。"

我又开始好奇："你为什么恨你妈妈？又偷偷去深圳干什么？"

他说："自从我懂事起就开始恨我妈妈了，我也不怕我姥爷说我，他也恨他的女儿不懂事，我妈妈就不应该草率结婚生了我，又草率离婚。我真不愿意来到这个世界上。"他低下头难过了片刻之后又恢复了正常。

他又开始得意："阿姨您不知道，这几年我的很多时间是在电脑房和网吧度过的，您可以打听一下，现在 W 市的电脑游戏《街霸》的最高纪录还是我创下的，而且我会设计游戏程序，深圳的一家软件公司录用了我，一个月给我 4000 元的工资，而且公司里还管吃住。我决定用我的工资做学费，去深大计算机系读夜大，我相信我会成为中国的比尔·盖茨。"

17 岁的张淳真是让人欢喜让人忧。他很聪明，只要他能下恒心走出来他会成功的。张淳说，他有好多故事告诉我。他说这次去北京就是告诉舅舅以后不要再管他了，他还想劝劝舅舅走正道，别整天与那些高干的子弟泡在一起干坏事，舅舅都 40 岁了，还没结婚呢？我现在越来越看不上他。他如果还继续过那种生活，他会被社会淘汰的，人们常说，不到深圳不知道自己老了。我如果现在不去，过了 30 岁深圳就没人要你了。

张淳这一句话说的倒是事实。

我对张淳说了一些鼓励的话。

我说："我把池田大作的这句话送给你，人应该一生致力于挖掘、开采自身的宝石。挖出自己未曾尝试的'矿脉'，因此，就业是挖掘的起点，决不是终点，所以不必着急，不停顿，不气馁地攀爬自己的人生斜坡。"

我还对他说："已经决定将来目标的人，要有坚持的意志，向目标迈进，决不可马马虎虎。"

"坚持到最后，即使失败了也没有丝毫可以遗憾的，成功的话，必有所作为……"

他说他记住了。

他说："您很像我初中的唐老师，那眼神和说话的语气都像，我非常想念唐老师。可是唐老师却在去年得了血癌，几天的时间就去世了。唐老师走的那天，是同学告诉我的，我去见了她最后的一面，我在她的遗体前站了许久。我在心里说：'唐老师，我要向您发誓，一定做一个好孩子，一个有出息的好孩子，您生前说过的，我聪明，如果走正道，我会有出息的。其实我的转变是和唐老师的死有关，在我的心里我一直把唐老师当成妈妈，唐老师曾经说过我如果好好学习，我会有出息的。"

8月8日的下午，火车到达了北京。

我告诉张淳，我会像唐老师一样不断地鼓励你，你有什么困难、有什么话要说就发 E—mail 给我。

道别之后，他就消失在如海的人群中。

让信心之光驱除黑暗

时　间： 2001 年 7 月 16 日

地　点： Zhujing@ public. cc. jl. cn

采访对象： 快乐女孩

　　最近，我的信箱的信件日渐多起来，大多是中学生朋友在高考之后有了一些时间，把他们积压许久的话都说了出来。

　　晚上，当我打开电子信箱时，我看到了一位自称"无比压抑"的同学给我写来了一封信。信是这样写的：

朱老师：

　　您好！

　　我是应届初三毕业学生，到 9 月份我就要升入高中。在初中的三年时间里，我本是在一所普通初中里读书，我还算是学校里的尖子生吧，那时，我每天上学时的心情非常好，大家都叫我快乐女孩，还因为学习成绩突出，经常得到老师的表扬，我的自尊心也就得到了极大的满足。

　　初三中考时，我又以优异的成绩考取了市重点师大附中，这也是我的老师们预料之中的事。但对我自己而言，去市重点高中学校读书，在我心里面却有着一种巨大的压力。其实，我从小到大学习一直是很认真的，一步一个脚印地进步着。从小学的准重点学校到初中的区重点，再到高中的市重点，我跨过了两座不矮的山峰。我的家长和老师都为我高兴。师大附中在全国来说都是非常有名气的高中，这里每年考取北大和清华的学生非常多。在这样一个历史悠久的名牌学校里读书，我能行吗？其他的同学都是从重点校考来的，我又能排到多少名呢？从小学到初中一直都是排在前三名的我，这些天里我被这种压抑的情绪困扰着。我甚至害怕开学的日子。

其实我原来一直是个自信心十足的学生，对于自己的实力更是自豪而又自信。如今，中考分数已经下来，我也考了好的成绩，伴着家人朋友同学老师赞扬的话语，我并没有一丝飘飘然的感觉，在我心里更多的只是压抑。我一直在想，在普通学校里的尖子在市重点里会变成什么样?! 在我看来，市重点学校特别是师大附中这个名校简直就是高不可攀的。

今天我冒昧给您写这封信，我只想说说和我有相似经历的同学们的心里话，我真的热切盼望您能在百忙之中能抽出一点时间帮我解开忧愁。真诚感谢!!

无比压抑

看了"无比压抑"的信，首先我要给她起一个名，叫快乐女孩。为什么要压抑呢？你的好强、好胜的品格是让许多人高兴的，你所有成绩的取得都是靠你自己的努力得到的。有压抑感就意味着缺少自信。在这里我想把美国诗人艾德加·盖斯特的一首诗送给你，这是一首很著名的诗：

果实与玫瑰

如果想要一座美丽的花园，

不论大小，

到处都长满鲜花，

你必须弯下腰辛勤劳作。

世间的事还很少
想了就成现实，
无论要实现什么事
我们都要努力再努力。
你追求什么目标并不重要，
秘密就在这里：
你要一日不停地挖掘，
以得到果实和玫瑰。

快乐女孩：

你好！

你喜欢我送给你的这首诗吗？请你细细品它。

其次我要对你说的就是，祝贺你取得如此好的成绩！这是你自身实力的证明，你应该感到骄傲！从你叙述的成长经历中，我看到你是一步一个脚印踏踏实实地前进的，并不断取得突破性的成绩，这表明你是一个很有毅力能够持之以恒的人，这是你最大的优点，你要继续保持并不断发扬光大。

我理解你现在所感受到的压力，但我要告诉你，这种压力完全是你自己心理因素造成的，是完全不必要的。学校和学校之间会有区别，人和人之间也会有区别，但上帝赋予每个人的毅力都是平等的，不同的是人们把握自己的能力和方式。据我了解，在师大附中，绝大多数同学并不是超人，也不是天生就比别人聪明。他们之所以能够进入师大附中，除了机遇，更主要的是他们多年的不懈努力。你的努力已经得到回报，只要你继续努力，你肯定将会取得更辉煌的成绩。

在很多时候，人的心理因素对人们的学习和工作的成败起着决定性的作用。良好的心理素质是取得成功的重要法宝。古人说"不以物喜，不以己悲"，始终以一颗平常心对待生活中的一切，胜不骄，败不馁，这才是应该有的心态。当你感到压抑的时候，你也不妨和你的父母、你的朋友沟通一下，他们也许会给你提供很好的解决办法。当你有了心理包袱的时候，你做事的效率就会受到严重影响，因此，你必须尽快放下包袱，轻松上阵。

总之，在下次你给我的来信中，我希望无比压抑变成了快乐女孩，充满信心地采摘自己的果实和玫瑰！

祝你心情好！

你永远的朋友

过了几天，我又收到了她的来信。在这一封信里，她完全是换了一个心情，我为她的情绪能够这么快的转变而高兴，也为能在她的情绪转变过程中起到一点点作用而欣喜。

朱老师：

您好！

我要告诉您，我非常喜欢"快乐女孩"这个名字，我更喜欢那首诗。我已经将它抄在我的本子上了。我本应该是快乐的，是这些年学校和家里的学习环境使我不能快乐，当我想唱歌的时候，妈妈的一声吼"赶紧学习！搞得我立刻没了快乐的心情。在学校我是学习尖子，又要做出个样子，也不能快乐。

看到您写给我的回信时，我有点喜出望外的感觉。

我不知道当初是哪来的勇气给您写那封信，至少现在我可以肯定那时的决定是正确的。让我说心里话，一开始也没指望您能给我回信，我不是不信任老师，但我绝对没有想到朱老师会关注每一位学生的来信。我知道给您写信的同学们很多，您不会一一地回信。我只是想找个人找个地方倾诉一下自己压抑的心情罢了。真的非常感谢您的回信，其实您讲的道理我都懂，但经您的口说出，在我这里就会起作用，您是教育家呀！

不知能否用恍然大悟来形容我现在的心情，读了您的信，我觉得心情豁然开朗，那压抑的心情也随之抛在千里之外。谢谢您！您的信我会一直保留着。我读懂了这首诗：果实和玫瑰。

快乐女孩

看到这个"无比压抑"的变化，我真的很高兴。是什么造成许多孩子压抑的心理呢，还是教育体制存在着问题。学生每天学习只是为了那个严重倾斜的考试分数线，其次就是名牌学校，如果原本学习不错的学生，只是一时考试失误，考分不够重点线的同学，就会落到自费线，一分之差就是几万元钱的代价。这难道能不让家长和学生们感到压抑和哀叹吗？快乐女孩把我当成教育家，我不是，我只是一个学生家长，作为中学生的家长，我也同样苦恼和压抑，自己的说教自己的孩子也不愿听。但是我作为一个中学生们喜欢的大朋友，在此我可以作他们的代言人，呼吁社会，呼吁教育体制：让我们的孩子们在快乐中成长，在愉悦中学习。让中学生们感到生活是美丽的。

班干部是这样产生的

时　　间：2001 年 9 月 24 日

地　　点：某初一（6）班

采访对象：张帆　高思远　王芳　杨兰　赵雄

　　张帆告诉我，开学了，班干部要竞争上岗。当这个消息在班级的上上下下传开时，也就热闹起来，每个人都在心里盘算着：自己是否参加竞选？

　　他说这一次竞选是我们争取来的。起初，又是像以往一样，班干部由老师任命，同学们都说班主任大小也算个主任，所以当然要把班里这些职位好好"利用"起来。经常让一些靠近老师的"红人"当班干部，这些当上班干部的同学也是以权谋私，搞得班上意见很多。在刚开学的第二天，当老师宣布完班干部名单时，下面的同学们一片哗然，是我第一个站起来，反对老师的这种做法，然后同学们一致支持我，我们进行了一次大"起义"，推翻了现有的"政权"，要求民主竞选产生班干部。

　　葛老师听完我们建议后，就同意了班干部竞争上岗这一做法。

　　我说："你说竞选有什么好处？你也想参加竞选吗？想担当什么职务？"

　　他说："竞选当然好了，你看美国竞选总统时，公民们都把这件事当成自己的事，要选出为大家做好事的总统，而竞选者要想出 100 种办法来说服大家投他一票，这就证明他思考过怎么为大家办事。如果你说假话，那是不行的。班级也一样，这也是一个社会，一个家庭，班干部要起带头作用，不是只为了管别人挑别人毛病的。至于我是否竞选我正在考虑，要当我就当班长或者学习委员，当班长可以在权力范围之内做很多事，当学习委员能促进我的学习。

"但是，我也怕选不上，那也够难为情的。不过，不想当将军的士兵就不是好士兵。"他看着我，有些不好意思地笑了。

张帆确实有个性，他道出了他这个年龄孩子的真实心理。其实，像张帆这种孩子的想法是正常的，大多孩子天生就有一种"领导欲"，怎样以一种公平的方式给每一个人机会担任"班干部"，这是每一个孩子都非常关心的问题。曾经有一个男孩说，他在小学时非常想当班干部，可是老师却没有给他机会，他一直想不明白，"为什么老师就有权决定谁有资格当班干部？为什么不让竞选呢？"这是发自孩子内心的对教育专制的强烈质疑。在孩子们的心中，呼唤着一种公平的竞争机制，呼唤着民主程序的产生。

令人兴奋的是，对于这些正在成长起来的中学生们来说，"民主"已经不再是一个概念化的名词，他们正在用自己的行动实践着民主，体验着公平竞争的游戏规则。在我接触的中学生当中，他们出人意料的精彩表现，令我惊喜之余不禁深思：民主意识如此强烈，他们有着自强自信的精神，这种竞选班干部、校干部的风气会在学生中产生如此热烈的反响，如果这种选举学生干部的方式得以推广，对中国未来公民素质的提高会产生怎样的影响？

下面我们一起来听听张帆的班级初一（3）班的竞选班会是怎么开的。

我来到了初一（3）的班会现场，一进教室，首先就看到了教室的黑板上写着几个大字：初一（3）班干部竞选大会。

班主任小葛老师非常年轻，是师大今年刚刚毕业分来的，她教这个班级的语文课。站在学生面前，难以分出她是老师。这会，她像学生一样坐在台下的一张小座位上。而讲台上却站着两位男女主持人，他们是王芳和张帆，看着他们从容的样子，你不会想到这是在准备"大选"，会场显得有些紧张，因为下面的许多同学心里都在打鼓。同时也在为自己打气。主持人落落大方的开场白缓解了班上紧张的空气。

我还真没想到，班上的竞选程序非常正规。

主持人宣布竞选程序分为三个步骤：先是上一届班干部的述职演讲，并对下任干部提出希望和建议；第二步是想竞选班干部的同学自愿上台发表"竞选演说"，由台下同学提问；第三步是同学投票，选出新一届班委。

现任班长是一位很自信的女生杨兰，她述职的时候相当从容，有条不紊，而且比较全面。她觉得自己做得不错，就是感觉"男同学不大支持我"，对可自己工作方法欠妥而造成伤害的同学表示道歉。她说"对不起"的时候，为表示诚意还给大家深深地鞠了一躬。最后她感谢三位副班长和全班同学的支持。

杨兰述职演讲虽然简短，但她的风度却很到位。老班长述职完毕，主持人宣布竞选开始。先是体育委员的竞选。申请的有 10 人之多，这是在各个委员的竞选中最多的。其次是宣传委员的竞争，据同学介绍，这是因为做了宣传委员，可以出板报，展示书法、绘画和各方面的才能，而班上的大多数同学在小学时都上过美术班，绘画的天分都很好。

只有纪律委员竞争的名额较少，而出人意料的人选却是李强。他在班上是一个很淘气的男生，今天，他在竞选班干部时突发奇想，别人提前几天就开始准备演讲稿，他临时在一张纸上写了几笔，到竞选时即兴上台演讲，他说："我没当过官儿，大家看我站在这儿可能都挺奇怪的。我想反正闲着也是闲着，就竞选一次试试。"

台下的同学都以惊异的目光注视着这个平时最"闹"的同学，他接下来的发言就更令人不敢相信了："我要竞选纪律委员，我知道我有很多问题，大家可能笑掉大牙。但是，我是这么想的：如果把咱们这个集体比做一条大船，我就是那推波助澜的狂风，如果我平静了，自然全班就风平浪静了。我想借此机会改正不足，希望大家给我这个机会。"

全班同学热烈鼓掌，当场唱票时，李强竟然得了 40 多票，位居全班第二。这对他来说也是一段难忘的经历。同学们对于"锻炼能力"的概念认识得很清楚，很多同学上台后明确表示，竞选的目的之一是，锻炼自己的相关能力。大家参与的热情很高，在短短一小时的时间里，前后共有近三十多名学生上台演讲。台下的同学也全心投入，有的侧耳倾听，有的急欲发言，有的自己跃跃欲试，有的则极力鼓动别人上台。

公开唱票的场面最为热烈，候选人站在台上，主持人为公平起见，请我为他们唱票。学生们态度认真，郑重地投出自己的一票。给人印象深刻的是，上届班长杨兰落选了，而上届的副班长王芳当选为新任班长。

当"老班长"杨兰真诚地向新任班长王芳鞠躬祝贺的时候，新班长也鞠躬表示感谢，全班热烈鼓掌。

张帆当选为学习委员，在葛老师的提议下，全班干部同学一致通过，给张帆一个"好建议"奖，奖励方式是：班上的同学们为他鼓掌一分钟。

平时很开朗大方的张帆，这会儿倒显得不好意思起来。他不紧不慢地说了句："谢谢老师，谢谢同学们，我还有好多建议呢，不能一次都说出来。"

同学们起哄说："张帆，你还卖关子呢！"

新旧交接进行得如此顺理成章，同学和老师对竞选产生的结果完全认同，场面令人感动。

在整个竞选程序完成之后，我采访了几名同学。

赵雄，男，被选为班级的宣传委员，他说："我通过竞选当上宣传委员，这个结果令我满意。我喜欢画画，我要用自己的特长为同学们服务。我还觉得，当班干部不仅要学习好，还要有责任心，帮助其他同学，严格要求自己。另外，我觉得竞选班干部这种方式很好，很公平，更讲民主。"

王芳，女，被选为班长。她说："上个学期，我当副班长，已经有了一些当干部的经验，从现在开始，我要配合葛老师把班上的工作做好，我要谢谢大家信任我，更不会让大家失望。"

张帆说："我现在是学习委员了，是班干部，老师和同学都信任我，我也有信心。以前我的学习总是排在后边，这一次我竞选学习委员就是为了强迫、克制自己，当选以后，我意识到自己首先要以身作则，为同学树立榜样。"

杨兰主动来找我说："朱老师，现在，我心里挺不是滋味的，嘴上说没什么，可是一下子就落选了，还是有些受不了，主要是自尊心受不了。通过竞选，我也反省了自己以前的毛病，我下决心改正，争取在下一届竞选时当选。"

我也曾在中学当过班主任。以前的班干部只是对中学生的一种荣誉，觉得班干部只是老师的帮手。现在观念变了，班干部不再是专为老师服务的，而是成了一种教育的手段，是学生体验人际交往、合作精神、责任感的重要经历。我学生时代就没当过班干部，我自己的亲身体会是：没当过班干部，对一个孩子未来的发展是有障碍的。不管是当小队长还是当班长，重要的是应该有这样一种经历和体验，哪怕是失败的体验，毕竟也是一种体验，对他的今后是一种不可多得的经验。

北京师范大学的一位教育学教授说，现代社会要求现代人具有责任心和合作意识。如果没有这种经验，就不可能养成这种素质。在竞选制度下，孩子有了这种选择的体验，才会慢慢形成这种意识。我国中小学班级人数过多，从教育学上看，照顾这么多学生，已经超出了班主任的能力限度。所以他们倾向于任命一些自己认为较为优秀的学生帮他去做一些管理班级的事情。这一部分学生在这一方面做的工作当然要比其他同学多，班主任在评选"三好生"等"好事儿"上，也会更多地照顾班干部。加之中国社会传统的"官本位"思想，使得班干部的选举往往变成一场利益之争，而不是培养学生能力，促进学生社会化的过程。既然有这样的矛盾，班干部就不能树立一个"清正"的形象，不能得到全班同学的信任，同时，班主任也不能得到全班同学的配合解决这些矛盾的关键，在于改变班干部选拔制度。"官本位"思想在社会上早已成为众矢之的，越来越落后于社会的发展。尽早在学校中消除"官本位"影响，培养学生的参与意识、民主意识和各种社会需要的能力，乃是当务之急。专家们还说，在竞选中，班主任是指导者和训练者，而不是直接干预者和领导者。当然一点儿不干预是不可能的，但是要用"无形的手"去做，如制定竞选程序，告诉学生应该进行观念的转变，密切关注事态发展，及时制止不良现象，如贿选、谣言等的出现，对学生进行选前和选后的教育工作。真诚地相信和指导学生，参加到他们当中来，师生之间的关系也能得到很好的改善。

林博说："我认为当不当班干部对一个学生的心理是有影响的，当上班干部的学生，他的肯定需要、肯定情感得到的比较多，成功欲也要强一些，因而人生态度也更积极。而没有当上干部的学生，则往往比较失落，感受到的挫折感多一些，容易产生消极的情绪。我认为轮换制是个很好的解决办法，能够让每一个学生都有当班干部的机会。"

高思远是高三毕业班的同学，他谈出了自己当班干部的体会。他曾担当过一届校学生会主席，他从一个看似简单的问题开始说：学生会是做什么的？这是每一个学生会干部候选人必须首先回答的问题。"我的理解是，从广义上说，学生会是一个代表学生利益、行使学生权利的群众性机构；具体来说，学生会通过组织丰富多彩的活动充实同学们的课余生活。说白了，学生会就是带着大家玩儿。但是，我们玩要遵循三点原则：第一，玩不能忘本，学生的本就是学习，不能荒废学业；第二，我们要玩出档次，玩出水平，要玩得有意义，不能玩过之后毫无收获，那样就纯粹是浪费时间；第三，就是要玩得尽兴。一旦学生会组织的活动再也无法引起大家的兴趣，那学生会就失去了它存在的价值。因此学生会干部要善于把握学生的心理，组织的活动不仅要有数量，而且要有质量。"

他说："如果我们将整个学生会机构比作一台机器，那学生会主席作为这台机器的核心电脑应当处于怎样一个级别呢？他可以是一台286吗？他可以是一台586吗？他可以是一台奔腾III吗？他可以是一台深蓝吗？都不行，我认为他应当是一台尚未发明的智能电脑。这智能二字，强调的是高效率的统筹规划和创造性的措施，以使整个学生会的工作更加趋于完美。我本人正是以这个标准来要求自己的。"

高思远说，我希望下一届的学生会主席能更好地发挥其作用。

通过几位同学的聊天，我深深体会到，千万不能小看了中学生竞选制。对于竞选制这种选举产生学生干部的形式，教育专家普遍表示赞同。北师大教育系的一位教授认为，传统的单一任命制，弊大于利，因为它主要从"控制"着眼，固然可能有好的成绩与纪律，但会压抑学生的个性。

他说，在任命制与竞选制之间还有一个选举制，当中已有一定的民主成分。但选举制下会有"假机会"，即由班主任（或加上原班委）确定预人选，或由班主任最后定夺，从而锁定了选举的前提。而竞选则给每一个人以真正的表现、表达自我和当选的公平机会。班干部竞选制比起任命制和选举制，具有更大的优点，更适合于孩子们的成长。假如将任命制比作集权制、选举制比作集权加民主的体制的话，那么，竞选制就是更进一步的民主。它需要的是学生自己教育自己，自己管理自己。

　　至于是否应该把竞选制作为一种模式在校园内推广，专家认为，要视各地学校的具体的制度环境与班级的情况灵活掌握。在一些整体氛围较好，班级班风较正的学校，实行应该是可以的。但是如果在一个班级内部不良习惯暂时占了上风，竞选选不出一个良好的班长和班子，实行竞选就是不适宜的。

　　有一位教授强调，既然实行了"民主制度"，就要学会与这种制度和制度的结果共处，这是对全体人员说的，包括老师、学生干部和普通学生。他认为，一旦确定下游戏规则，并且在这种制度条件下，依据民主程序竞选出了班长和班委会，那么就要尊重这个结果。即班主任与全体学生都要学会承认既定规则下产生的结果，并且学会与其共处。如果随随便便地否决结果，则后果会很严重。因为实行竞选这样的民主形式，有可能会选出一个不太称职的班长和"内阁"，或者过于活跃，影响了班里的学习成绩。这是民主必然的风险成本。这时，对全班都是一个考验，但只要老师积极进行引导，同学相互协作，相信不会出现大的问题。北师大教育系刘惠珍教授坦率地指出，竞选制也只是一种班干部选拔的体制，在进行选拔体制改革的同时，不必过分沉湎于竞选制形式本身，而更要关注改革的目的，它不仅是一个产生班干部的手段，更是一个培养学生民主意识、合作精神和锻炼沟通与协调能力的过程。

　　在旧的班干部制度中，干部职位总是在十几个人中轮换。这种制度的弊端已经显现出来。一些大学生在入学以后，要求学校为他们开课，教他们如何与人沟通、跟人协调。这些能力固然有方法可言，但更重要的是实践，而在中小学阶段他们大多数人都很可惜地没有被赋予这种体验。做班干部能培养责任感、团队精神、自信心，能教人学会如何看待他人，如何应付挫折。没有这种锻炼的机会，就不可能得到相关体验。现代社会需要平等和参与意识，而这些在旧的班干部制度下是不可能得到培养的。转变了观念，竞选制是有其进步意义的。

美国著名教育学家杜威曾说：学习就是经验的改组与改造。没有机会，就没有体验。没有做班干部的机会，就不会有班干部的体验。社会生活对于社会中的人的团队精神和团体意识提出越来越高的要求，面这种能力往往在做班干部中会得到很好的锻炼。

走进社会后，做过班干部的人一般具有三个特点：自信心强、说服别人的能力强、协调能力强。而这些属于情商（EQ）范围内的能力被认为在某种程度上比智商（IQ）更重要，更能决定人能否融入他人，能否为一个共同目标而奋斗。因此，往往那些长期在学校里担任学生干部的学生在社会中更容易适应。

民主和社会公平的原则，应该从孩子开始培养，他们是未来的公民，他们的明天，就是我们所期待的未来。

在困难的日子里

时　　间：2001 年 9 月 27 日
地　　点：编辑部
采访对象：高一学生　齐小民

　　齐小民来到编辑部时我正在打电话，编辑部里的其他人让他坐下来等一会儿，他却一直站着。等我过来跟他说话时，他却怯怯生生地说："您就是朱老师吧，我看过您写的文章。写中学生的。我这是第一次到省城来，我想我一定得来看看您。"他有些紧张，显得有点语无伦次。"您的文章写的都是我们中学生的事，我还以为您是中学教师呢。您写的故事有好多就像是在写我。"

　　我说："你坐下，我们慢慢聊。你叫什么名字？在哪个中学读书？"

　　"我叫齐小民。"他说。

　　听他介绍才知道，齐小民同学是农村孩子，他一直在农村读书，没来过大城市，这一次，他是以 645 分的中考成绩考取了省实验中学，这是全省的重点中学。小民的家里很困难，没有钱再供他上高中，他也知道自家的情况，本打算中考之后就帮助家干点农活。在乡政府的努力下，他才得到教委特批免收他高中三年的学杂费和住宿费。这样，他才来省城读高中了。

　　眼前这个健壮而朴素的孩子身上，有一种不可抗拒的力量，这是我采访过很多城市同学身上所不具备的东西。

我说:"国庆节放假7天,你不想回家去吗?"

齐小民说:"我不回去,家里很远,坐火车来回也要3天,我想利用这几天的时间到书店看看书,到书店读书不用花钱,这是我的一个大学生朋友告诉我的,星期天的时候我去了几次,一天下来能看完一本书,到下个星期天,再换个书店。"他诡秘地笑了,一副淘气的样子。

他接着又说:"我还想逛逛公园,城里的名胜。然后我把看到的一切写信告诉我的爸爸和妈妈。他们连村子都没有出过,这外面的世界他们只是从电视上看到的。"

"你来城里读书,生活上习惯吗?"我问他。

他脸上的笑容突然间就收了起来,半天不说话。

他说:"进入高中后,渐渐适应了城里舒适和方便的学习和生活环境。但还是常常想起初中时代的生活,尤其是初中时的同学们。想起来那时的学习环境太差了,不禁感叹在那么困苦的条件下,同学们都依然很用功。我在为自己现在能在如此好的环境里学习而庆幸。"

"我上初中的学校是在我们乡政府所在地,离家有十几里路,初一的时候我还每天回家,一天要走上十几里路,后来学习紧张,就开始了住校学习的日子。有时两星期回一次家,有时一个月才回一次。我的家乡很落后,但是在家里妈妈可以让我吃得好一些,而我住校这一段的生活就差多了。乡村学校的环境非常差,这是城里的孩子无法想象的。条件差还能挺住,关键是那时候学校的食堂里伙食更差,到了冬天就不提供菜,因为菜很贵,即使做了同学们也没钱买,因此学校只做馒头,到吃饭时弄一点从家里带的酱,用热水冲开,然后蘸馒头吃。由于总是没有菜,肚里没有油水,到了上晚自习时饿得受不了,买来的方便面也得算计着吃。"

"朱老师,我告诉您,我们这些初中生还搞了一次绝食运动呢。那一次是因为学校的食堂太不像话了,蒸出来的馒头都成了黑色,有几个同学吃了之后连泻带吐,医生说是食物中毒。我们找学校,学校的态度也很差,我们这些初一二的学生不敢怎么样大闹,年纪大一些的初三学生胆子却大一些，他们联合起来和食堂的管理人员们论理，还显些动了手。您别说，这次运动还真管事，以后的馒头又大又白。我非常怀念那段非常困难的日子。"

"到了初二下学期，我转入另一学校。生活条件得到了改善。"

"现在想想，当时能在那种条件下坚持学习，在很大程度上源于父母辛勤劳动给我的触动。

我的父母非常善良朴实，他们以自己独特的方式教育着我。妈妈常跟我说：'一个人在外面，要多帮助别人，体谅别人，大家都不容易。'父母的严格教育已形成了我的严于律己和自强的性格。值得向大家炫耀的是，即使那时环境那么差，我还是胖了不少！每天给自己安排一些体育锻炼的时间，让自己在德智体美劳等方面都得到发展。"

说到这儿，他突然问我："朱老师，您喜欢作家路遥吗？您读过他的作品吗？"

我说："我非常喜欢路遥，我有好几个朋友都是路遥生前最好的朋友。我的朋友们每次谈到路遥及他的作品时，都非常动情的。"

齐小民似乎像是听错了似的惊讶："你的朋友认识路遥？我要是能认识就好了。我读过路遥的《在困难的日子里》，不知读了多少遍，我与那里面的主人公有同样的感觉。我给您背一段好吗？"我没有打断他，他真的能背诵下来。

……

我终于上高中了。

我意识到这是我生活道路上一个意义重大的开端。当我背着那点破烂的行李踏进学校大门的时候，就像一个虔诚的穆斯林走进神圣的麦加，心中充满了庄严的感情。

但是，很快我便知道了：我在这里读书面临的困难，比我原来所预料的还要严重得多。当然，饥饿仍然是一个主要的威胁……

我的担心并不是多余的。不久，这样的情况就出现了。尤其是班上那个恶作剧的文体干士周文明，看来这是一个对人毫无怜悯心的家伙，而不幸我却和他坐了同桌。

每当下午自习时，我就饿得头晕目眩，忍不住咽口水。而我的同桌偏偏就在这时，拿出混合面做的烤馍片或者菜包子之类的吃食（他父亲是国营食堂主任），在我旁边大嚼大咽起来，还故意咂巴着嘴，不时用眼睛扫一下我的喉骨眼，并且总是在吃后设法打一个响亮的饱嗝，对我说"马健强，你个子这么高，一定要参加咱班上的篮球队！"

这个恶劣的家伙！他知道我饿得连路都走不利索了，却还叫我去打篮球⋯⋯

他竟然能够大段大段地背诵路遥的小说，他说他能读到的文学作品太少了，《路遥文集》是他们村里那个一的文学生借给他看的，他说他喜欢路遥的小说，那里有他熟悉的生活。他来到省城还有一心愿就是凑够了钱，买一本路遥的《平凡世界》。

我告诉他："我的一位朋友在陕西白太文艺出版社，我可以打折买到《路遥全集》送给你。"说到这时，齐小民冷不防地站起来深深地给我鞠了一躬。

"那太谢谢朱老师，我有钱了一定会还您的。"激动得有些不知如何表达。

我说："你喜欢读书，我非常高兴，路遥也是我喜欢的中国作家，你每天读些文学作品，这是非常好的习惯，高中的生活和学习都很紧张，但是也要抽时间读书，这对提高你的修养是非常必要的，也为你高考打基础。2001年的高考语文试卷中就涉及了很多课外的文学作品。阅读量大的同学就得益了。日本的教育家池田大作说：'世上有各种各样的人。这个暂且不提，基本可以肯定的是，人能否体会到'阅读的喜悦'，其人生的深度、广度，会有天渊之别。读到一本好书，就如同邂逅到一位伟大的老师。看书是'人的特权'，这是其他任何动物都办不到的。

"一个人的人生只有一次，但阅读能接触自己以外几百、几千人的人生，还能和几千年的古圣先贤对话。"

我感觉到齐小民虽然生活学习都在农村，可是他的信息量却不比城里的孩子少，他说利用一切时间来学习，学习时集中精力，课余时间多读课外书，还背诵很多古诗。他非常怀念初中的生活。

他说："初中的生活条件非常的差，但相比之下，当时校风却非常好。我们这些孩子都知道，能来到乡政府读书已经不容易了，这都是父母们辛勤劳动供我们上学，同学们都很简朴并且团结。因为吃得不好，我们也是善意地给学校提意见，比起路遥来，我们已经够幸福的了。"

"我的家乡很落后。这不仅仅是经济和文化上，而且在观念上同样如此。来到城里这么好的学校读高中我已经下决心好好学习，考取一个好大学，然后回家乡，改变那里的落后面貌。可是，我看我周围在城里长大的很多同学，都是家里拿了几万元钱才进到这个名牌高中的，他们抱着混日子的想法，很多人都不好好学习，整天以玩乐为业。更可恶的是，学校所在地的一些辍学青少年，常常到学校骚扰捣乱，痞劲十足，非常霸道，甚至可以说无耻！他们常常是一进宿舍，就鞋也不脱直接跳到床上，吹牛吵嚷，为所欲为，甚至看谁不顺眼，当场侮辱。所以学校里经常发生被这些痞子骚扰的事情。看到这些现象，感到非常失望，一个多少人向往的名牌高中啊！我的初中同学们，好多人的成绩都不比这些大款家的孩子们差，他们要是能有这么好的条件读书，那一定会出好成绩的。他们就是没有钱。我一听说他们花了几万元来读书，我吓坏了，对我来说这是一比天文数字还大的数字。"

我告诉齐小民同学，你从农村的环境中走了出来，来到一个陌生而新奇的地方来读书，要有一个适应的过程。你怀念初中三年那段日子，想念初中时的同学和朋友，这些情绪都是正常的。但是，你要马上从"怀旧"的情结里跳出来，接受新的同学和朋友。当然要接受极积向上的一面，要拥有开阔的心胸，观察别的同学的优点，这对你自己比较有益；要心胸开阔，学会宽容，心里不要着急，为同学们的进步而高兴。那些"大款"家的孩子身上也有优点，你要学着去发现，不要一味地挑剔。人只要有进步，成长当中就会有烦恼。

　　以后有什么困难可以来找我聊天，也可以给我写信，好吗？

焦点问题

向"讨厌"的日本学习"经验"

时　间：2001 年 9 月
地　点：编辑部
采访对象：孙超　王强　于坚

　　我是在五班的《纪念九·一八》班会上注意到孙超和王强的。在班会上王强首先发言，他列举了侵略者在中国土地上犯下的滔天罪行，他列举了大量的事实，演讲非常生动。为这次班会他查阅了大量的资料。班上的好多同学也都与王强的观点一样。于坚同学说他亲自去过沈阳的九·一八纪念馆，在那里看到很多当年日本人残酷杀害中国人的血淋淋的罪证。于坚同学还把他拍的一些照片拿给同学们看，使班会的气氛达到了高潮。

　　大多数的同学都满怀激情地发了言。

　　我转过身来看孙超，他是个非常文静的男孩，甚至有些羞涩。我跟他说："你不想谈谈体会吗？"

　　他抬头看看我，有些犹豫，然后他点了点头。说："我的看法有些跟他们不一样，说出来会让人骂的。"

　　我好奇地问："说出来看嘛，不同的观点才有意思。"

　　于是，孙超跟我讲述自己的故事。他有些胆怯而激动。

　　他说："我随妈妈到日本念了几年书，今年春节之后才回到国内读中学。我认为"九·一八"是值得纪念的，但那是历史，大家都知道，历史是永远也不能忘记的。可是我觉得日本的人民是友好的，日本的中学生非常有修养。我也经常与同学们谈起日本的情况，谈到我的日本同学和朋友，谈到日本的文明与文化，谈到飞速发展的日本经济，甚至还谈到了日本首相小泉。在日本，女孩子可以公开地并直接说她爱小泉，她喜欢小泉的头发，在中国可以说吗？"他做出了很无奈的样子。孙超接着说："前些天，为了准备今天的班会，我与王强就差一点吵了起来。他写了一篇文章，题目是《我讨厌日本人的几个理由》，王强一口气列举了日本人的五六个劣根性，诸如'固执'、'偏狭'、'残忍'、'缺乏反省意识'、'言行不一'等等。我听了之后，觉得有些不对就与他辩论起来。"

他说："因为在日本呆过 6 年，班上的好多同学拿我与日本人一样看待，这我可以理解，但是，我是中国人，那段历史我也了解不少。"

孙超说在准备这次班会的过程中，班上有几个同学把写好的文章拿给他看，大概是想从他这儿印证一下自己的观点。孙超说，我问那些同学是否跟日本人打过交道，同学说"没有"。

"没有那是凭什么这样说？"同学们觉得他的疑问莫名其妙，反问他："难道不是这样的吗？"

"日本的首相不顾亚洲国家的抗议，坚持参拜靖国神社，这难道不是'固执'和'偏狭'？日军侵华期间烧杀掳掠，难道不叫'残忍'？"他知道他的同学说的都不错，但他觉得用那肯定的陈述方式，说"日本人"如何如何，在逻辑上是简单的。他说他在日本的小朋友们，就很善良而友好。所以，他对他的同学说："你应该在你所说的'日本人'前面加限定语，而不能泛泛地说所有。'日本人'都是这样。"孙超说，但是，我的话立即遭到了任场所有同学的反对，大家说我是"亲日分子"，还说了些诸如在抗战期间，我肯定会要当"汉奸"之类的话。

我听了孙超的故事，心情很复杂。从情理上讲，我觉得孙超的同学们说得没有错，而且，也有确凿无疑的事实依据：不少日本人对自己民族自已民族的战争罪行，确实缺乏诚恳的反省和负责任的态度，这对于中日邦交和两国下一代之间的沟通与合作，人为地设置了障碍；但是，如果理性地看问题，我觉得孙超的冷静和见解，更属难能可贵，他的独立思考的勇气和能力，几乎超出了一个中学生的观点，并提醒了大家在分析问题时，一定要针对具体的对象下判断，而不能笼统地下结论。

　　毫无疑问，日本是在自近代以来，给中国人民带来灾难最多的国家，而它至今为止，也确实没有很好地反省自己的战争罪行，这不仅伤害着中国人民的尊严和感情，从长远看，也不利于日本自己的国家发展，不利于引导日本下一代人全面、正确地了解历史，吸取教训，从而影响中国和日本两国之间的互通有无和互助合作，台湾的高希均博士说："对中国人来说想到日本军的侵略（八年抗战），商业往来的小气（技术转移）以及一些日本观光客留下来的恶劣印象，我们在情绪上不容易称赞日本，在做法上不容易仿效日本。"（高希均：《构建一个干净社会》，上海三联书店，1999 年版，第 22 页）但是，我要说的是，我们要警惕另一种有害的倾向和后果，那就是不要让我们的孩子陷入简单的仇恨中，一般来讲，民族之间的冲突，很容易导致彼此之间的仇恨，这种仇恨如果得不到有效的疏导和化解，就会形成一种有害的心理情结。这种情结既不能改变过去的历史，也不能积极地推动人类创造未来。它什么也改变不了。而且，不仅如此，这种有害的情结，还很容易被利用，以达到某种消极的目的。

　　尤其对曾经在民族冲突中受过严重伤害的民族来讲，一方面要努力恢复被伤害的民族尊严和民族信心，另一方面，也要努力控制那种非理性的敌对倾向和仇恨情结，应该把这些消极的心理倾向，看作战争留给自己民族精神更重要的灾难之一。还有什么比健康、自信的民族精神更重要的？而健康的标志之一，就是不再以一种简单而消极的态度处理民族问题，尤其是民族间由于战争、宗教冲突而导致的民族隔膜与民族对立。真正的高贵，是在精神上，把自己置于对象之上，而不是甘居其下；真正的强大，是平静地笑着看对方，而不是怒目横眉，切齿之声可闻，我希望我们的孩子，能把民族的哀痛和不幸，转化为一种积极的力量，并因此使我们的民族精神趋于弘放与博大，坚韧与深沉。在这一点上，我们应该向日本人学习，学习他们迅速进行精神重建的勇气和智慧。要知道，战败对于日本这个特别尚武的民族来讲，意味着毁灭性的打击，但是，日本人经受住了这一打击。在日本投降的 10 天后，日本的《读卖报告》就以《新艺术与新文化的起步》为题发表评论，其中写道："我们必须坚定地相信，军队的失败与一个民族的文化价值是两回事，应当把军事失败当做一种动力。……因为，只有这种完全民族失败的惨重牺牲，才能使日本国民提高自己的思想，放眼世界，客观地如实地观察事物。过去一切歪曲日本人思想的非理性因素都应当通过坦率地分析而予以消除。……我们需要拿出勇气来正视战败这一冷酷的现实。我们必须对日本文化的明天具有信心。"而这种观点，并不是少数知识分子的心声，本尼迪克特说："东京街头及僻远寒村的一般民众也同样在大转变。"（《菊与刀》）商务印书馆，2001 年版，第 211 页）而且，也正像本尼迪克特所说的那样："日本赖以重新建设一个和平国家的真正力量在于日本人敢于承认他们过去行为方针'失败'了，从而把精力转向另一面。"（同前，第 210 页）但日本的生存智慧和勇气，给日本人带来了成功，却没有带给它更博大的胸怀和更深远的历史眼光。它还没有学会如何与自己的近邻国家友好相处，这将使日本在很长时间里心神不安地处于与这些国家的紧张关系之中。一个只有生存智慧的民族不仅要使自己强大，而且还使自己赢得其他民族的信任和热爱，在这一点上，日本是没法不让人替它惋惜和遗憾的，它确实有"偏狭"的一面，尤其是面对自己的战争罪责的时候。这些问题，我们当然可以指出，我们却无法替他们解决，但我们可以把自己的事情独步一时得更好，我们要认识到，仅有"讨厌"和"仇恨"是解决不了问题的。如果要想知道超越对方，首先是向他学习，只有这样，我们才有可能比他强大，比他更有力量，高希均先生说，"日本经验"中有三项是值得我们好好学习的：一是"团体意识"——"日本社会就像是一个相互呼应、密布配合的环节，员工与公司、企业与政府、大企业与卫星工厂紧紧地扣在一起，其间有默契，也有竞争；有合作，也有胜负，但每个人知道他的角色，不论是商业的社会或工厂的工人，都会全力把自己的工作做好，产生了对自己挑剔对同事合作、对工作单位奉献的强烈团体意识。强烈的团体意识正是我们所普遍缺乏的"；二是"贫乏的忧虑"——对于能源的危机感，"变成每一个日本人精益求精的动力"；三是"世界观"——"有人认为岛国的民族气量狭隘，但不要低估日本人对世界商情变化的了如指掌……日本工商界的世界观使日本在国际竞争中无往而不利"。(《构建一个干净社会》，上海三联书店，1999 年版，第 25—26 页）高希均先生的理性态度是难能可贵的，而他的见解也是极有价值的，这些见解至少告诉我们，与其情绪化地"讨厌"日本，不如冷静地学习它的"经验"，利用这些"经验"使自己强大起来。

美国 "9·11"，人类的大灾难

时　间：2001 年 10 月
地　点：学者庄园
采访对象：学生 J　学生 B　教师 Q　家长 H

自从美国 "9·11" 事件发生以来，好多同学给我写信谈论自己的观点。

今天，一个同学在网上下载后给我寄来《中国小学生就 "9·11" 事件致美国总统布什的信》，我看了之后非常感动。这是一封发自心灵的呼喊，这是每一个有血有肉有良心的人的呼喊，我流着眼泪读着这些孩子们的信，我想，如果那一天，我的孩子或亲人在美国世贸大厦里，如果我的亲人正在飞机上……我真的不敢再想下去。

这是人类的灾难，是人类文明的灾难，而不是一个国家、一个城市的灾难……

让我们一起来听听中国四川省遂宁市城北小学全体少先队员就 "9·11" 事件写给美国总统布什的信，他们呼吁打击恐怖主义不要伤及无辜。

在 9 月 11 日上午 9 点左右，美国 110 层高的标志性建筑——世界贸易大厦遭到了恐怖分子毁灭性的袭击，同时，国防部著名的五角大楼也燃起了大火。这次事件造成了许多无辜人的死伤，让我们感到非常痛心。作为中华人民共和国的小公民，在这里，我们向所有受伤害的人们表示深切的同情和问候！

那么美丽的建筑被毁坏，我们感到痛心；尤其是贸易大厦里的工作人员，也许他们正想着天凉了，要给父母或儿女添置一件秋衣，或正准备给家里的亲人写一封报平安的书信……但是，灾难却从天而降！我们痛恨那些恐怖分子的罪恶行径，我们对死难者表示深深的哀悼！

总统先生，据说你们要对恐怖分子采取报复行动，我们赞成打击恐怖分子，打击那些破坏和平的坏蛋。但是，我们不希望其他无辜的人因此受到伤害，不希望更多的小朋友失去父母成为孤儿！

我们是中国的小学生，老师和家长都教导我们要友善、宽厚，我们最喜欢的鸟儿就是"和平鸽"。我们希望全世界的小朋友都能在没有硝烟、没有战争、没有歧视的环境里好好学习，健康成长。

小学生们祝总统先生身体健康，祝美国人民幸福安宁，祝中美两国人民世代友好。

（新华网北京 10 月 1 日电）

● 焦点问题

小 B 同学来信说，"9·11"事件之后，他们也组织了班会进行讨论，有好多同学却幸灾乐祸，说"炸得好"，他们的理由是：谁让美国炸中国的大使馆呢？谁让美国撞中国的飞机呢？谁让美国人在世界上那么霸道呢？谁让美国的科学和技术那么先进呢？……

在班会上，争论得很厉害。但是，最令他生气的是，他们的班主任竟然也是那种狭隘的看法，她的意见影响了好多同学。在他们家里，他和爸爸的观点是相同的，妈妈刚开始的时候也是高兴，因为这，他爸爸和她大吵了一架，后来，妈妈又看到了许多事实后，她的看法转变过来了。

对于美国"9·11"事件，他周围的同事们也看法不一。这没办法，狭隘的民族主义在中国已经根深蒂固。池田大佐说："我在英国时曾听人这么说：炸弹落下时，英国人会担心是否有人会受伤而赶赴现场；日本人则尽量赶快逃离现场。"设想一下，中国人又能是什么样的表现呢？"

一位家长 H 来信说，2001 年 9 月 11 日，美国纽约、华盛顿等地遭受史无前例的恐怖袭击，人类生命付出了惨重的代价。作为一个正常的人来说，无论你在地球的任何一处，面对这一事件，都应该首先向在事件中的所有死难者、殉职者默哀，向遭受野蛮袭击的美国民众以及其他国家的民众致以深切的同情，向造成这一恐怖事件的暴徒表达最强烈的义愤和谴责，坚决严惩肇事者，伸张正义，同时呼吁理性和法治，反对种族狂热，伤及无辜。

"9·11"事件并不是文明冲突，而是对所有文明赖以生存的道德原则的野蛮攻击。在这个地球上生活的所有善良的人们都不应以文明差异、肤色种族和意识形态等理由，宽恕恐怖主义暴力对人类的基本道德原则的毁灭性的攻击。应该承认，我们谁也无法担保今天发生在纽约、华盛顿等地的野蛮袭击，明天就不会发生在北京、新加坡、莫斯科、巴黎、东京以及所有我们共同生活的家园。

面对此次突发事件，我国政府的反应是及时的、正确的，表现了中华民族对维护国际和平秩序和人类文明生活共同底线的原则应有的态度。但是，我们也注意到有部分人在这一非常时刻的偏激反应，令人不安。我们为有这样的幸灾乐祸反应深感痛惜。

某学校 XXQ 老师也写来了信——

今年的 7 月 26 日，当我站在美国纽约世界贸易大厦 102 层的大厅向外眺望时，为的是俯瞰整个纽约市区；现在，我回想起那个时间不长的眺望和俯瞰，我意识到我其实是找到了一个看美国、看世界的角度。

9 月 11 日晚 9 点半左右，我打开电视，才知道，一小时以前，发生了那个震惊世界的事件。即使是最具有想像力的好莱坞电影人也想象不到世界贸易中心的两座大厦被两架飞机分别从楼中穿越而过，飞机爆炸，大厦轰毁在浓烟滚滚中，在顷刻间夷为瓦砾堆；这两座矗立在纽约世贸中心、最夺目的商业文明的风景物，从曼哈顿岛消失了；华盛顿的五角大楼也在同一时间被撞去一角。很快，我们就知道这是恐怖组织所为。整整一个晚上我坐在电视机前，捕捉事件发生过程的任何一项信息。我无法抑制心中的愤怒和难过。我知道在那个早上太阳正升起的时候，将有几万人穿着整洁服装走进世贸大厦，那里的几部高速电梯，转瞬间就将人们送达不同的区间，8点半左右，正是人们已经进入办公桌前的那一刻。而这时第一架飞机开始向世贸大厦撞去。我开始为在那里办公的人祈祷如果你们有人因事晚去了一会儿如果你们能够迟到一会儿；如果你们听到楼顶一声巨响，迅速乘高速电梯撤离，都将给观看到这场灾难的人留下慰藉。但是想象中的慰藉代替不了现实中的恐惧。因为，在大厦的地下，还有一个庞大的地铁车站。这座大厦和地铁车站的结合，是一个杰作它大大缓解了每天上下班蜂拥而来的地面人流。大厦的坍塌还给地下的人们带来怎样的灾难？我的心也在为被劫持的飞机上的旅客，为那些永远微笑的空姐和机组人员哭泣。因为7月间，我在美国逗留期间，曾乘座美国联合航空公司的波音747飞机，从达拉斯机场起飞到洛杉矶，想象着如果正是我坐的飞机发生了这一切……想到那些不同肤色的旅伴，一个泰国人听说我来自北京，是那样极力表达着他对所去过的北京、深圳、上海的美好印象……

焦点问题

　　我的难过，还来源于我的心里怀着对那里的人民极大的好感。

　　我在美国期间，正赶上美国的国庆节7月4日。我在日记中这样写的：美国人如何纪念自己国家的节日，让我耳目一新。那天早上，我到外边散步，看到一些人三三两两拿着小凳、小椅子，到附近马路两边的草地上坐下，或是在绿草地上铺点什么席地而坐，我以为这是人家休息日的休闲方式。一问，才知道，他们是等着看游行。10点钟左右，游行开始了。这是马里兰州郡府一级的游行。大体是一家人，或几家人，或是一个学校的部分师生，组成的自行车和步行的小小方队，最大的也莫过于民间组成的一个汽车乐队。稀稀拉拉，自由自在。或许到了十字路口，做个造型，亮个相。他们在头上或身上披挂些自己设计的图案，大多是美国国旗。游行的孩子们，忘乎所以地笑着、叫着。有些路边的人被他们的快乐感染了，也带上孩子走进了游行队伍。

　　蓝天、白云、草地，和笑得那么灿烂的欢乐人群。他们，人是轻松的，笑是轻松的，于是，那空气也是轻松的。我被这种自发性的游行，自自然然地表达的爱国情感所感染。

想起 100 多年前美国一位女学者弗朗西丝·赖特说过的一段话："爱国主义这个词与其说是用来表达某一国家，或者某一具体国家的居民所感兴趣的东西，倒不如说是用来表达全人类所感兴趣的东西。同样地，爱国者这个词是用来表示热爱人类自由和人类改善的人，而不是表示一个仅热爱他生活的国家，或者他所属的那个族群的人。"这种超越国家主义之上的情操，是怎么形成的呢？赖特说"美国人应当知道他们为什么热爱自己的国家，应当感到他们热爱自己的国家，不是因为这是他们的国家，而是因为这是人类自由的保障，是人类改善的好景象。"

这就是 100 多年前，思想者向人民传达的理念。不管人们体会得怎样，毕竟曾有过这样的先导者的声音。

在美国，我听到这样一些事情：美国州政府对中国留学生生病母亲的救助；整整一个镇的男性居民出动，与直升飞机、与无数的警车相随去寻找一个中国留学生迷路的母亲；一个中国留学生出了车祸后，各项法律条规如何保障他渡过了难关。如果你的车因故障在路边停了下来，总是不断有人停下车，问你需要不需要帮助。也许就是这些，形成了为这个具有 100 多个民族的国家的向心力，也正是这些天然地求善向善人民，维护了一个国家的特有的秩序。爆炸事件发生后，多少人找电话，要求救助多少人赶到离自己较近的医院去献血，他们不需要号召，听凭的是热爱自己的国家和人道主义责任感的心灵召唤。100 多年来人类文明理念"润物细无声"般地优化着民众的素质和品格。

事件发生后，我在网上，竟看到了这样的言论。什么"撞人的和挨撞的都是混蛋，活该"；什么："什么罪有应得"……叫好的、欢呼的似不绝于耳。

在这两座大厦里不仅仅是美国人，140 多个国家的商务机构设在其中。就是说有 100 多个国家的人在里面。假如，你的亲人、朋友在其中工作，你还能这样去贬毁他们的生命？

我终于看到，中国政府与世界其他国家达成共识维护联合国宪章的宗旨与原则，加强联合国及安理会在国际事务中的中心作用，并以此推动在国际法基础上建立多极化世界。这是什么？这就是全球化理念，这是人类文明发展的必然趋势。

XXQ
● 焦点问题

　　我看到过一篇报导说，中国足球队的总教练米卢先生，就在 9 月 11 日那天夜晚，把自己一个人关在房子里，听说他给美国的朋友分别打电话，米卢悲痛的心情是可以想象的。那一个夜晚，米卢一夜没睡，还有报导说：米卢在中国申奥成功的那个夜晚，同样是一个人来到了天安门广场，沉浸在中国人民无比喜悦的欢庆中。这才是一个人的真实反映，人的真实一面也就表现得如此透彻。

　　为了世界的和平，为了让天空更蓝，中学生朋友应该用你的良知、良心，献出你的爱心吧！

在这样的时代里我们怎样成长

时　　间： 2001 年 5 月
地　　点： 初二某班
采访对象： 小冬　程悦　郝兰兰

不用说，所有善良的父母都希望自己的孩子能生活得快乐而幸福，都希望他们能受良好的教育，都希望他们有一个健康的成长环境。

我的几个同事一谈起这些话题来就津津有味，也忧心忡忡。他们总是担心现在的社会环境不利于孩子的成长。他们的担心其情可悯，也不是没有道理的。事实上，不仅大人会有这种忧虑，就连那懂事稍稍多一点的孩子也会看到问题的严重性。

那么，在这样一个时代里，我们的孩子怎样才能健康地成长呢？就此问题我想采访一下中学生朋友们，于是我来到了某中学的一个初二年级的八班，班主任老师非常积极地帮助了我，这位老师认为，现在的学生受社会影响太大，无论是在吃穿上还是在行为上，完全是社会化，有的学生打扮得跟大明星一个样子，还说出一串什么"组合"的名字，与学生的身份实在不符。

我对接受采访的学生提出过这样一个问题："你们对现在的社会了解多少？对现在的社会风气是否满意？现在的社会风气对你们心理和行为有没有消极的影响？"

一个叫程悦的同学说："现在假东西太多，处处都让人不放心，坏人更多，总得防备别人对你随时有伤害的可能，不敢轻易相信人。"

郝兰兰说："我觉得现在的贪官，而且贪得无厌，简直到了没法理解的程度。听说某市长上万元钱的西服就二百多套，能穿得过来吗？真没劲。"

接着就有很多同学抢着发言，把目前的社会揭得个底朝天。但他们似乎都不认为这和自己有多大的关系，又对自己有什么影响，而且，大都非常肯定地说：我们长大了绝不会像他们那样做。孩子们的天真和自信，固然让人高兴，但是他们似乎谁也没有意识到，那些"坏人"，那些"贪官"，也曾像他们一样，心地纯洁而善良，连做梦也没想到自己的人生轨迹的终点，竟是一个见不得人的地方，自己所有的努力，终到了却不过是失败而已。

小冬同学显然是一个与众不同的孩子，他明显要比别的孩子早熟。这从他的言谈中可以听出来。

小冬说："我对现在的社会风气一点也不满意，了解越多越不满意。"

他像一个涉世很深的大人一样，不紧不慢地说："现在大人活得太累，太没意思，太虚假。"

"他们在社会上，不是追求权力，就是光想着如何挣大钱。我特别讨厌那些摆架子的官僚们，也讨厌那些巴结领导的人。"

小冬告诉我，有一次，他妈妈出差，正好他爸爸的一些朋友聚会，就把他带着一起去吃饭。

那天来的人大都有一官半职，从大家的表情和说话的态度上，你就能看得出来谁的官大，谁的地位高。有一位在省政府工作的人，就成了大家众星捧月的心，而这位大人也是一副洋洋自得的神情，心安理得地享受着别人的恭维。这些人除了喝酒，就是说粗俗的笑话。要不就是说最近谁出了一次国，或者谁最近又做成了一笔生意，赚了大钱。总之，尽是这乏味无聊的话题。

小冬说："我从此之后再也不跟大人们去吃饭。我还想，假如我长大了会不会像他们那样无聊，没意思呢？"

我问他："这样的现象，在学校里是否也存在？"

他说："当然有。班上的同学讲阔气，同学间过生日也要像大人们那样到酒店里要上一桌子菜，请一帮同学，去吃饭的同学还要带上礼物，一件礼物要花上几十元钱。我们班上就有一个高干子弟。他爸爸是市委大院的头头，我们老师对他就特别照顾，跟他说话总是那么和气。这个高干子弟放学时总是有小轿车接，我们老师有时也就沾上点光，其实相互巴结。相反我们班上还有一个同学的父母都下岗了，老师总批评人家，还说：'你如果不好好学习长大也找不到工作'之类的话。而实际上，这位同学在班上的成绩要比那个高干子弟好多了。"小冬接着又说："学校里的情况其实和外面也差不多。有些同学年纪不大，可是很会做人，看老师的眼色做事说话，有事没事总爱往老师跟前凑。竞选班干部或评三好学生的时候，就更恶心，不光见了老师毕恭毕敬，见了同学也都格外亲热。但是，事情一过，当上了干部，就端起了架子，动不动就训人，比老师还像老师。"

我说："既然这些同学这样让人不满意，那么你为什么不竞选当班干部，这样不就能更好地为大家做事？"

他说："我才不当干部呢，我想当肯定就能当上，我知道我在班上的威信还可以，但我不愿意当。当了干部我害怕别扭，也害怕自己像他们一样变得让人讨厌。人如果当上了官，人格就变了。"

我知道，小冬的这些不满，更多的是由于小孩子的纯真的同情心和自尊感。他天生是个好孩子，他的不满、不信任和拒绝态度，一方面说明他有朴素的是非感和正义感，同时也反映着不健康的社会风气对孩子的消极影响，这种影响使他们以简单的否定态度来对待生活。天长日久，他们的反感和不满，就会越积越多，最后形成一种拒绝一切、怀疑一切的反社会心理。

确实，对于孩子们的成长来讲，这个时代需要解决的问题太多。这是一个功利主义的时代，权力、金钱、名利是人们的追求目标，也是评价一个人的事业是否成功的标准，这个时代缺乏精神深度，缺乏理想主义的激情，感官的享乐几乎意味着一切。人格、正直、诚实、尊严、高贵、纯洁、信仰、道德、自由这些美好的字眼，在许多人看来，是苍白而可笑的。这样，人们也就不会有对真正的幸福感的体验，因为，真正的幸福是超功利的，是属于内在的精神世界的，是远离权利和金钱的。即使不能说幸福总是与在贫困中相濡以沫的温暖情境关联在一起，至少，它是与尊严、自由、纯洁和高贵密不可分的。在功利主义的泥潭里，飞不出柴可夫斯基的天鹅；看不见梁山伯与祝英台化成蝴蝶；也听不到罗密欧与朱丽叶月光下的叹息声。在权利的阴影下，在金钱的腐臭里，也很难孕育出苏格拉底式的人格，很难形成托尔斯泰的思想，以及鲁迅的像火一样燃烧的批判精神，一句话，凡在权利和金钱受到尊敬和崇拜的地方，就没有真正的高贵和真正的尊严，只有卑贱的感觉和虚伪的自我满足体验；也不会产生真正的文学和伟大的作家，只会产生浅薄的作家和肤浅的作品。

● 焦点问题

王朔就在一篇叫《我讨厌的词》的文章中，一方面把大量诸如"关怀"、"精神"、"理想"、"诗意"、"生命"、"家园"、"痛苦"之类的词列为他讨厌的词，另一方面，又把"香水"、"优雅"、"格调"、"威士忌"、"时光"、"牛排"、"玫瑰"、"寂寞"、"苍老"、"堕落"、"王家卫"等大批小资用语一网打尽。王朔的"痞子"哲学很有代表性，反映着不少人的心态和人生理念。他们怀疑一切神圣的东西，也敢于嘲笑一切神圣的东西和美的东西。很显然，被王朔们讨厌的"词"，显然都是那些与人的理想和值得追求的价值关联在一起的词。而问题是，如果失去了这些东西的敬意和神圣态度，那让我们的孩子信仰什么呢？

很显然，这是一个对孩子的成长不利的时代。这是一个让人轻松不起来的问题，但是，怎么办？在这样的情形下，我们应该做些什么事情，来给我们的孩子创造一个良好的成长环境？什么样的土壤生长什么样的庄稼。什么样的时代和社会产生什么样的公民。我们现在要做的是修正我们的价值观念，是改变我们的生活方式，改变我们的人际交往关系。具体地说，是把这拜权主义、拜金主义和拜名主义的功利主义的价值观，改变为追求实在的精神价值，比如自由、尊严、高贵、平等、互爱等等意味着人的价值的东西；是把无所实事、麻木度日、穷极终日、言不及义的生活方式，改变为清醒的、有明确目标感的、积极的生活方式；要改变那种根据权利、地位、金钱、名气将人分类划等级的人际交往观念。要平等地对待一切人，要根据一个人内在的精神品质、道德境界、善良程度、人格状况来评价一个人，只有这样，我们才有可能对我们的孩子产生积极的影响，才能为他们的成长创造健康的社会环境，才能最终让他们成为高贵的人格健全的人，才能像鲁迅先生在《我们现在怎样做父亲》中所说的那样："合理的度日，幸福的做人。"

对孩子来讲，则需要培养自己的自我教育能力，具体地说，要及早培养自己的区分善恶、好坏、美丑、雅俗的基本辨别能力。要认识到，这确实是一个复杂而新奇的时代，一切都似不那么确定，不那么明朗，一切都似是而非，真伪难辨。生活在这样的时代，对谁来讲都不容易，而对于尚在成长阶段的人来说，更是艰难。但是也要看到，这样的生存环境，既意味着困难，也意味着挑战，如果能够认识并超越它，那你就有可能把握住你自己的生活。也许永远也不会出现一个温暖得像五月的阳光的社会，也许永远也不会出现一个美好得像雨后的花园的时代。所以，问题的关键还在我们自己。《国际歌》里说："从来就没有什么救世主，要创造人类的幸福，全靠我们自己。"是的，全靠我们自己。

让我们的孩子读那些伟大作家写的伟大的著作，与伟大的心灵沟通。让自己清洁的精神充满理性和激情的光热，怀着善意去做人做事，永远做一个有德行的人。贝多芬在他的《遗嘱》中说："把'德性'教给你们的孩子：使人幸福的是德性而非金钱。这是我的经验之谈。在患难中支持我的是道德，使我不曾自杀的，除了艺术之外就是道德。"（罗曼·罗兰《巨人三传》，安徽文艺出版社，1989年版，第67—68页）贝多芬的一生，就是在孤独贫困中不断努力追求尊严、美与幸福的一生。他给后世的精神世界吹来了一种"英雄的气息"。他的音乐像燃烧的火焰，既能照亮暗夜中的道路，又能驱走可怕的严寒。罗曼·罗兰在《贝多芬传》引言中这样说："我们的周围的空气多沉重。老大的欧罗巴在重浊与腐败的气氛中昏迷不醒。鄙俗的物质主义镇压着思想，阻挠着政府与个人的行动。社会在乖巧卑下的自私自利中窒息而死。人类喘不过气来。打开窗子！让自由的空气重新进来！呼吸一下英雄们的气息。"

是的，打开我们的窗子，呼吸一下英雄们的气息。贝多芬对一个向他问及上帝的朋友说："啊，人啊，你当自助！"

"自助"，说得真好！在一个并不尽如人意的时代成长为怎样的人，说穿了，全靠我们自己，所以，我们当"自助"。

为渴望飞翔的翅膀铺展蓝天

时　　间：2001 年 9 月

地　　点：编辑部

采访对象：初一学生　孟庆然　小米（孟庆然的妈妈）　杨老师

　　孟庆然是我的同事小米的孩子，今年刚刚升入初中三年，他的个子很小，戴了一副眼镜，样子有些逗人，学校的校服穿在他身上真是有些不合适。可是他身上却有那么一股犟劲，对什么事都不服气，他最爱说的一句话就是：将革命进行到底。为他的这个犟劲，小米没少被班主任"训"。"经常去网吧玩游戏，听说还创下了游戏的最高纪录。"杨老师还劈头盖脸地跟小米说："不愿意念就回家去，学校可不是游戏场所。"

　　小米也是生了一肚子气回到单位，让我跟她的儿子谈谈，小米说："在家里，孟庆然也总是偷偷在玩电脑，他总是说在编一个程序，并说他已经给比尔·盖茨的微软公司写了信，他要申请成为会员。"

　　坐往一旁一直没说话的孟庆然截断妈妈的话："朱阿姨，你应该了解，我跟随蒂尼一起长大，经常在一块玩，你说我是那种坏孩子吗？我是去网吧了，可是我不是去打游戏，老师的观念就是固定在一个点上了，谁也改变不了她，她认为，到网吧就是去打游戏，太简单了。打游戏是我小学三年级的兴趣。"

　　我试探着问："那去网吧干什么呢？不会是上网聊天谈恋爱吧？"我是跟他开个玩笑。没想到这个犟小子竟然说出了让我和小米都十分惊讶的话来。

他说:"朱阿姨,把我想得太简单了。上网谈恋爱的事我早已是历史了,没意思。我告诉过我妈妈,我不会在那些方面耽误学习。在电脑网络上,我在进行着一场大的革命,编一套初中英语学习的游戏软件,我设计的这套学习软件,能使每一个初中生在英语教材的基础上,很快超越死记硬背的方式,让同学们在玩中就能掌握所有的句式和单词。这个专利我已经向微软公司申请,已经收到了回信,他们认为我的设计将会为全球学习英语带来帮助。同时他们寄给我六册复习考试的书籍,这是微软公司协会考试的第一步。这些资料全都是英文,我要利用课余时间把它复习好,明年开春的时候我去南京考试。"

说到这的时候,盂庆然的眼神一下子就失去了刚才那种自信,他此时显得无奈极了,我猜出了无奈的原因。

我说:"你的班主任杨老师知道你的想法吗?"他说:"不能让她知道,那样就会出现大麻烦,我这些年的努力就会全费掉。"我说:"你说的大麻烦指的什么?"

他说:"我不是说杨老师不好。她是非常好的老师,她像妈妈一样爱我们,她也是好心,怕我在网吧里学坏。的确,现在网吧的气氛实在是太肮脏了,也真的有很多像我一样大的孩子,在网吧里学一些社会上的不健康的东西。如果坚定,那种污染是能抵抗的。"

他笑了笑接着说:"我跟他们不一样,意志比较坚强,我在搞研究,搞软件开发。让他们误会去吧。包括我妈妈,也让她误会去吧!这学期我还为一个网友的公司帮忙设计了软件的一部分,那个公司给我500元钱设计费。妈妈你不会忘记吧,这学期我没从你手里要钱,你只是给交了学费。其他学习资料的钱都是我的稿费。"他得意地笑了一下:"如果我的这套英语游戏软件开发成功了,那我就会成为富有的初中生,我会用这些钱,资助不能上学的贫困的孩子。杨老师说她要重编一套语文教材,我会拿这笔钱资助她。杨老师总说,现在的语文教材太旧,都是她小时候学的内容,都过40多年了,还是那本教材。"

小米听着儿子在一旁讲着自己的故事。她只是知道儿子在学校里学习还可以,不算尖子也是前几名。她每天在家里跟儿子吵得最多的就是别玩电脑，好好学习。儿子已经连续三次在省里的英语竞赛中取得了名次，数学也参加过竞赛，成绩也不错。可是，她却不知道儿子在电脑软件开发上下了这么大的功夫。看着眼前自己认为是小孩子的孟庆然，竟然做了大人们想都不敢想的事，她觉得应该重新认识自己的孩子，也应该重新调整自己的角色。突然间她觉得儿子长大了。有些方面儿子能做妈妈的老师了。

孟庆然，这个15岁的孩子，心中竟然想了这么多事，作为妈妈的小米，你了解你的儿子吗？

作为班主任的杨老师，你了解你的学生吗？作为学校，你又给这样的学生提供了多少机会和环境呢？

这个有着远大理想和抱负的孩子，会不会在一片怨声载道声中夭折呢？我们目前的教育，主张的是服从，万人一个声音，决不允许有"怪"声发出来。难道说孟庆然这样的孩子不是偏才另才或是奇才吗？作家毛志成先生的一篇文章写得非常好，我把它抄录于此——

偏才另才就是奇才

所谓"另才"，粗说起来就是指"不拘一格式的人才"。如果细想，"另才"往往有3个特征：一是对某种事业或某项专业有强烈兴趣，拦也拦不了，压也压不住；二是只在某种特殊的事项上显示出才能，而在其他事上往往显得很"平庸"，非但不是什么"全才"，甚而有很多低于常人的地方，乃至被别人认为是"低能儿"、"傻瓜"；三是在所喜欢的事业或专业上，投入的兴趣和精力比别人高上十倍、百倍，入迷成瘾，再苦再累也不计。

对这样的"另才"，做教师的或当"伯乐"的往往既不能发现、尊重，也不能给予特殊的保护，这往往是教育的悲哀，也是人才的悲哀。

举例说，写了一辈子小说而且曾经名扬四海的张恨水，最初的起步只是源于兴趣。10岁读小说，13岁就动笔写小说，为此曾多次受到父亲的训斥。后来，他从老家江西外出求学，由于考试成绩平平，只考取了苏州的"蒙藏垦殖学校"。对这样的学校、专业，他无兴趣，课余时间只热衷于读小说、写小说。《小说月报》的主编恽铁樵发现了他，写了鼓励性的话。为了继续求学，张恨水先是回到南昌，考试未通过后来到了汉口、北京，考学也无望，只能到《申报》驻京记者秦墨哂处当校对，一天工作 15 个小时，他仍抽出时间写小说。继之遇到了《新闻报》副刊主编严独鹤来到北京，有了机遇。严氏约他在"快活林"栏中写小说，他发疯般地写了起来，随之使他的长篇小说《啼笑姻缘》打响，轰动京沪。后来一发而不可止，一连写出了几十部小说。倘若他始终热衷于追求学历、职称，或是始终未被识才者发现，很可能一事无成。

特才与特趣往往一致。现在大家都知道以南丁格尔命名的世界性"护士节"（包括大奖）。南丁格尔生在英国一个富有家庭，偏偏她小小年纪时就渴望做护士，认为她的职业"将使世界变得美好"。在战争中，由于她的护士业绩，世人以"南丁格尔魅力"喻之为一切救死扶伤的精神。英国人称南丁格尔是"最伟大的战地英雄"，奖给她 15 万美元，她用这笔钱开设了医院"南丁格尔护士之家"。她活了 90 岁，人们都认为她的一生是"辉煌的一生"。这样的特殊人才，共同特点之一说是有独特的情致、兴趣，不走模式化的道路。

大科学家爱因斯坦，小时颇"笨"，学会说话很晚连玩耍都不机灵，上学时学习很差，被教师讥为"笨蛋"。那样的老师其实是在素质教育上最低档的教师，可说是特才、另才的杀手。爱因斯坦的特才，另才其实早已显示出来，他 12 岁就对几何有特殊兴趣和特殊理解力，他立志做到"通过纯思维来获取知识"。单是他这样的想法，就可能使平庸教师骂为"疯话、蠢话"。然而恰恰相反，粗看上去觉得痴笨的另才，往往是后来有辉煌业绩的人。

很多影迷都神魂颠倒地崇拜过好莱坞超级巨星玛丽莲·梦露。其实，幼年的梦露很惨很苦，她生下来之前就被父亲抛弃。生下 12 天，母亲由于贫穷，加上酗酒的恶习，且患神经上的毛病，小梦露就被好几个"监护人"丢来丢去。9 岁前只被母亲接回家两次，此后又经历许多超常人的苦难。来到好莱坞打工时，遇到了有慧眼、能认辨"另才"

的导演约翰－赫斯顿，一连有两部影片《尼亚加拉》、《男人喜欢金发女郎》让她担任主角，继之轰动。我不是主张天才必须靠苦难来玉成，我只是想说人们要善于发现另才，并善于保护他们。

眼下的家长、教师以及主管教育的人士，都已经很流行地讲起素质教育，办法也想了很多，这是好事，淡于素质教育、惟重应试教育实在误人误才。但是我还是有几条忧虑：一是有无眼力发现另才？二是见到另才时能否承认是"才"而不是"低能儿"？三是在迂才、俗才、常才与另才之间，能否多一点对另才的尊重和培育，而不是一定要把另才打掉、压服、抹平？

家长平庸，教师平庸，教育机制僵化，是真正人才的克星，也可能是素质教育的杀手。

毛志成先生的文章举了很多名人成才的例子，的确，在目前大力提倡素质教育的同时，像孟庆然同学这样的才气是不是可以赞赏？初中生搞软件开发对学习有没有好处？我认为，孩子在初中阶段，是知识储备的最佳年龄。掌握更多的文化和知识是为你以后的创造打好基础的前提。有如建造一座大厦，一砖一石的堆砌看起来有些繁琐，一袋水泥的配比使用，看起来也似乎平平常常，事实上正是这些最基础的工作，才使一幢大楼稳健地挺立起来。而一幢大楼表面看有了自己视觉上的特色，这特色的后面是什么？不正是那些没有什么特色的一砖一石的铺垫吗？我们强调知识储备，当然不是毫无选择的储备，应该是有效地储备那些在今后的日子里必然会派上用场的知识，必须是有利于继续丰富知识的基础知识。这样，你就不是在半空中建造一幢大楼了，你的大楼就是真实的站立在大地上的大楼了。我们不希望自己的大楼是站在大地上的牢固的大楼吗？21世纪将是一个多彩的绚烂的时代，你会拥有更多自由的选择，同时也会面临无数被淘汰的危险。在新时代的洪流如何把握自己的一分清醒，对中学生来说是十分必要的，而克服的过程又恰恰是成长的过程。

现代的中学生们主张追求个性的独立，这过程固然是美好的，把一个自己从无数个别中释放出来，发现自己、创造自己、经营自己，独立地在精神和物质的空间行走，该是一件多么幸福和值得骄傲的事。

孟庆然同学，希望你能在自己的蓝天中飞翔得更高更远，更何况你的理想的大鹏鸟早已放飞！

那么，为渴望飞翔的翅膀铺展蓝天吧！